チェーホフ ショートセレクション

大きなかぶ

小宮山俊平 訳　ヨシタケシンスケ 絵

理論社

かわいいひと

Душечка

名門貴族《きぞく》プレミャンニコフ家の令嬢《れいじょう》オリガは、官職《かんしょく》を退《しりぞ》いた父親と暮《く》らす屋敷《やしき》の玄関《げんかん》に腰《こし》をかけ、中庭をぼんやり眺《なが》めていた。日中は暑く、ハエがうるさかったが、まもなく夕暮《ゆうぐ》れ、過《す》ごしやすくなるだろう。東の空に黒い雨雲が広がり、ときおり湿《しめ》った風が吹《ふ》いてくる。

中庭に男が立っている。屋敷の離《はな》れを間借りしているイワン・クーキンという名の興行師《こうぎょうし》だ。有名なデンマークの遊園地を模《も》した『チボリ公園』を経営《けいえい》している。

イワンは空を見上げ、

「またか！」と、悲痛《ひつう》な声を発した。「今日も雨だ！　毎日毎日雨、おれを殺す気か！　赤字だ！　破産《はさん》だ！　金が消えていく！」

悔《くや》しさのあまりパーンと手を打ち、オリガのほうに顔を向けた。

「お嬢さま、これが現実《げんじつ》です。泣けてきますよ！　夜も寝《ね》ないで働いて、わずかでも稼《かせ》ごうと苦しんでいるのに、このありさまだ！　だいたい客が悪い。教養のかけらもない連中ですよ。一流のオペラ歌手を集めて、幻想的歌劇《げんそうてきかげき》を舞台《ぶたい》にかけましたよ。ところが少しもウケない、連中は何もわかってくれない。見世物小屋で下劣《げれつ》な芸でも見ていればいいんだ！　それに、お嬢さん、この天気ですよ。ほとんど毎日夕方になると雨。五月十日に降《ふ》り始めて六月を過ぎても止まない。最悪ですよ！　客が入らないのに、舞台の賃貸料《ちんたいりょう》、役者のギャラは支払《しはら》わなきゃならない！」

翌日《よくじつ》もまた、夕方に雨雲が垂《た》れこめた。

「かまうものか！　公園をすっぽり水没《すいぼつ》させちまえ、おれもおぼれ死んでやる！　この世でも、あの世でもいいことなんかないんだから！　役者たちが給料支払えと裁判《さいばん》を起こしたって、それがどうした？　牢屋《ろうや》へでもシベリアへでも送ってくれ！　ギロチンにかけてくれたっていいぞ！　ヒッヒッヒッ！」

イワン・クーキンはヒステリックに笑う。

三日目も同じだった。オリガはイワンの話を黙《だま》って真剣《しんけん》に聞いていた。目に涙《なみだ》を浮《う》かべることもあった。やがてイワンの災難《さいなん》は彼女《かのじょ》の心を動かし、彼女は彼《かれ》を愛してしまった。

イワンは背《せ》が低くやせこけた男だった。顔は黄色く、側頭部をピタリとなでつけたコサック兵のような髪型《かみがた》、弱よわしく甲高《かんだか》い声で、話すときには口をゆがめた。その顔にはいつも失望が焼きついていた。それにもかかわらず、オリガの心に本物の恋愛感情《れんあいかんじょう》を呼《よ》び起こした。オリガはいつも誰《だれ》かに恋をせずにはいられないお嬢《じょう》さまだった。

お嬢さまが最初に恋したのは「お父さま」だった。しかし、その父親はいまや病気になり、薄暗《うすぐら》い部屋の肘掛《ひじか》け椅子《いす》に座《すわ》りっきりで、苦し気に呼吸《こきゅう》しているだけだった。

二年に一度、はるか遠くウクライナとの国境《こっきょう》の町ブリャンスクから訪《おとず》れる叔母《おば》に恋をしていた時期もあった。さらに前には、中学生のころ、フランス語の教師《きょうし》に恋をした。

オリガは優《やさ》しく、もの静かで思いやりのあるレディーで、柔和《にゅうわ》な目をし、健康そのものだった。彼女のふっくらとしたバラ色の頬《ほお》、ほくろがひとつある白くて柔《やわ》らかそうな首すじ、楽しい話に反応《はんのう》して浮かべるあどけない微笑《ほほえ》み、それらを見ると男性《だんせい》は「かわいい！」と思うが、口には出さず同様の微笑みを返す。屋敷《やしき》を訪れる女性《じょせい》はこらえきれず、話の途中《とちゅう》でも突然《とつぜん》彼女の手を取り、声に出す。「かわいいお嬢さまね！」

オリガが生まれた日から暮《く》らし、遺産《いさん》として相続することになっている屋敷は、郊外《こうがい》の『ジプシー村』と呼ばれる地区にあった。『チボリ公園』はすぐ近くで、毎《まい》晩遅《ばんおそ》くまでバンド演奏《えんそう》や打ち上げ花火の音が聞こえた。にぎわいが伝わってくると、悲惨《ひさん》な運命と戦うイワンの姿《すがた》、主たる敵《てき》である芸術《げいじゅつ》を解《かい》さぬ大衆《たいしゅう》に突撃《とつげき》する勇ましい姿がオリガの頭に浮かぶ。甘《あま》い思いに心が締《し》めつけられ、眠気《ねむけ》も失せて、明け方帰宅《きたく》するイワンが中庭を通ると、自分の寝室《しんしつ》の小窓《こまど》をコツコツ叩《たた》いて彼《かれ》の注意をひき、カーテンの陰《かげ》から顔と片方《かたほう》の肩《かた》だけ見せて、優《やさ》しく微笑《ほほえ》むのだった。

彼《かれ》がプロポーズして、二人は結婚《けっこん》した。

結婚して初めて、お嬢《じょう》さまのうなじから肩にかけての豊満《ほうまん》なラインを見たいだけ見たイワンは、口に出さずにいられなかった。

「かわいい！」

彼は幸せだったが、結婚式当日も、昼から夜までずっと雨だった。彼の顔から苦い表情《ひょうじょう》は消えなかった。

結婚生活は順調だった。オリガは切符《きっぷ》売り場で働き始め、公園の管理、帳簿《ちょうぼ》づけ、給料の支払《しはら》いなどを受け持った。彼女《かのじょ》のバラ色の頬《ほお》、光り輝《かがや》くあどけない笑顔は料金所の小窓《こまど》の向こうに、そしてときには舞台裏《ぶたいうら》や食堂でも見うけられた。

そのうち彼女は知人たちに、この世に欠かせないもっとも重要なもの――それは演劇《えんげき》で、劇場でこそ本当の楽しみを得ることができ、教養と人間性《にんげんせい》の豊《ゆた》かな人間になれる――と言うまでになった。

「けれども、大衆《たいしゅう》はそれが理解《りかい》できないのよ！」と、オリガはつづけた。「見世物小屋のほうを選ぶの！　昨日はゲーテの作品を原案にした『裏返《うらがえ》しのファウスト』を上演《じょうえん》したのに客席はガラガラ。イワンとわたしが何か低俗《ていぞく》なものを舞台にかければ、客席は立錐《りっすい》の余地《よち》もなくなるに決まっている。でも明日は、イワンとわたしでパリの歌劇『地獄《じごく》のオルフェ』をやるから、ぜひ来てね」

それはイワンの演劇論《えんげきろん》の受け売りだった。大衆の、芸術《げいじゅつ》に対する無関心さ、教養の無さを彼女は夫と同じように馬鹿《ばか》にして、リハーサルに立ち会って、出演者にダメを出したり、ミュージシャンの演奏《えんそう》に意見を言ったりした。地方紙に舞台の酷評《こくひょう》が載《の》ったりすると、悔《くや》し涙《なみだ》を流し、編集部《へんしゅうぶ》へクレームをつけに乗りこんだりもした。

俳優《はいゆう》たちも彼女を愛し、仲間内で『イワンの分身さん』とか『イワンのダーリンさん』とか呼《よ》んでいた。彼女も彼らをかわいがり、頼《たの》まれれば少額《しょうがく》を貸《か》したりもした。貸し倒《だお》れに終わることもあったが、そっと泣くだけで、夫には言いつけなかった。

そんな日びが、冬に入ってもつづいた。

町の劇場《げきじょう》を春まで借り上げ、期間を短く区切ってウクライナの劇団《げきだん》やマジシャンや地区のアマチュアたちに貸《か》したりもした。

オリガは太り、充実感《じゅうじつかん》で全身を輝《かがや》かせていた。逆《ぎゃく》に、イワンは痩《や》せ細り、肌《はだ》の黄ばみがひどくなり、春までそれなりの稼《かせ》ぎがあったにもかかわらず、赤字だ、赤字だと嘆《なげ》いてばかりいた。

イワンが夜中咳《せき》に苦しむようになった。オリガはキイチゴの実やボダイジュの花を煎《せん》じて飲ませ、薬用の香油《こうゆ》をぬったり、自分用の柔《やわ》らかなショールで夫をくるんでやったりした。

「体が弱くて、困《こま》った子ね」オリガは心配でたまらず、夫の頭をなでながら言いつづけた。「よしよし、いい子ね、眠《ねむ》りなさい」

復活祭《ふっかつさい》まで四十日を切ったころ、イワンはモスクワへ役者集めに出かけて行った。ひとり残されたオリガは夜も眠れず、窓辺《まどべ》で星を見ていた。鶏舎《けいしゃ》から雄鶏《おんどり》がいなくなり一晩中《ひとばんじゅう》不安で眠れない雌鶏《めんどり》になった気持ちだった。

イワンは、モスクワで手間取り、手紙で復活祭までには戻《もど》ると知らせてきた。さらに何通もの手紙で『チボリ公園』の経営《けいえい》の指図をしてきた。ところが、復活祭まであと一週間になった日の深夜、屋敷《やしき》の門を叩《たた》く不吉《ふきつ》な音が響《ひび》いた。誰《だれ》かが門扉《もんぴ》にこぶしを打ちつけていた。樽《たる》でもたたくように、ドンッ！　ドンッ！　ドンッ！

眠気をこらえた料理女が、ぬかるんだ庭の泥《どろ》をはね上げながら門に駆《か》け寄《よ》った。

「開けてください！」門の外で誰かのくぐもった低い声。「電報《でんぽう》です」

夫から電報をもらうことは以前にもあったが、今回はなぜか嫌《いや》な予感に襲《おそ》われた。オリガは震《ふる》える手で電報を開封《かいふう》し、文字に目を走らせた。

『イワン　クーキン　キュウシ　シジ　マツ　ゾウシキ　カヨウ　ヒッヒ』

まったくこの通りに印刷されていた。『ゾウシキ』となっていたし、最後の『ヒッヒ』はまったく意味不明。差出人は歌劇団《かげきだん》の演出家《えんしゅつか》だった。

「ああ、イワン！」オリガは号泣した。「わたしのイワン！　最愛の人！」

イワン・クーキンの葬儀《そうぎ》はモスクワのワガンコボ墓地《ぼち》で行われた。水曜日に屋敷《やしき》に帰ったオリガは、自室に入るや否《いな》やベッドに倒《たお》れこみ、泣き崩《くず》れた。大きな泣き声は通りにも近くの屋敷にも聞こえた。

「かわいいお嬢《じょう》さまが！」近所の婦人方《ふじんがた》は十字を切り、「神よ、救いたまえ！　オリガお嬢さまが死んでしまうかも！」

三か月が過《す》ぎたある日、オリガは教会の礼拝《れいはい》からの帰路にいた。全身を喪服《もふく》にくるんだ痛々《いたいた》しい姿《すがた》だった。教会帰りの男がひとり、偶然彼女《ぐうぜんかのじょ》の横に並《なら》んだ。隣人《りんじん》でババカエフ商事会社の材木倉庫支配人《しはいにん》をしているワシーリイ・プストワロフだった。麦わら帽子《ぼうし》をかぶり、金鎖《かなぐさり》のついたベストを着ていて、商人というより地主貴族《きぞく》のようだった。

「この世のすべては起こるべくして起こるのです、オリガお嬢さま」聖職者《せいしょくしゃ》が遺族《いぞく》におくやみを述《の》べるような声だった。「近親者がお亡《な》くなりになるのも神の思《おぼ》しめしです。わたしたちは自制心《じせいしん》を失わず、じっと耐《た》えるしかありません」

オリガを屋敷の門まで送り、別れのあいさつをして、彼《かれ》は通りの先へ進んでいった。そのときから一日中オリガの耳には彼の優《やさ》しい声が響《ひび》き、目を閉《と》じれば瞼《まぶた》の裏《うら》に彼の黒いひげがちらついた。どうやらお嬢さまは、彼をたいへんお気に召したようだった。

彼のほうも同じ気持ちでいたようだった。オリガの印象は強烈《きょうれつ》だったらしい。なぜなら、あまり日を置かず、よく知らない高齢《こうれい》の婦人《ふじん》が珈琲《コーヒー》をオヨバレに屋敷を訪《おとず》れたからだ。婦人はテーブルに着くや間髪《かんはつ》を容《い》れずにワシーリイ・プストワロフのことを話し出した。彼は品行方正、娘《むすめ》は誰《だれ》でも喜んでお嫁《よめ》に行くだろう、と。

三日後、ワシーリイ自身が訪《たず》ねてきた。ほとんど何も語らず、わずか十分ほどで帰ってしまったが、オリガは彼に恋《こい》をしてしまった。熱病にかかったかのように体が熱くなり、一睡《いっすい》もできず、朝を迎《むか》えるやすぐに例の婦人に使いを出した。

婚約《こんやく》から結婚式《けっこんしき》へ、ことは遅滞《ちたい》なく進んだ。ワシーリイとオリガは夫婦《ふうふ》となって楽しく暮《く》らし始めた。

夫は平日の午前中倉庫の事務所《じむしょ》にいて、午後から取引先を回った。その間オリガが夫の代わりに事務所に詰《つ》め、夕方まで帳簿《ちょうぼ》をつけたり、商品の発送を手配したり。「近ごろ材木は年に二十パーセントも値上《ねあ》がりするのよ」などと顧客《こきゃく》や知人を相手にオリガは話した。「もうたいへん、わたしどもでは昔は地元の木材だけを扱《あつか》っていました。それがいまでは、うちのワシーリィは、州境《しゅうざかい》の向こうのモギリョフまで年に一度、木材の買い出しに行かなければならないのよ。お高いのよ!」両手を頬《ほお》に当てて恐怖《きょうふ》におののくように彼女《かのじょ》は叫《さけ》んだ。「とんでもなくお高いのよ!」

オリガははるか昔から材木を売買していたような気持ちになっていた。人生の最重要事が材木になった。材木商の専門《せんもん》用語が、生まれたときから使い慣《な》れた言葉に思えた。丸太、薄板《うすいた》、構造材《こうぞうざい》、羽柄材《はがらざい》、造作材《ぞうさくざい》、梁《はり》、桁《けた》……。

夜ごとオリガは夢《ゆめ》を見た。夢のなかに高く積み上げられた材木の山や、はるかかなたへ材木を運ぶ荷馬車の長い列が現《あらわ》れた。ある夜の夢では、それら大量の材木がいっせいに立ち上がり、身長十メートルもあろうかという巨人兵《きょじんへい》となって隊列を組み、オリガのいる倉庫へ攻撃《こうげき》を仕かけてきた。互《たが》いにぶつかり合い重なり合い、乾《かわ》いた木の音を立て、倒《たお》れてもすぐに立ち上がり、どんどん近づいてくる。オリガは悲鳴《ひめい》を上げた。実際《じっさい》に声を出したらしい。ワシーリイが優《やさ》しく言った。

「どうかしたのか？　オリガ、大丈夫《だいじょうぶ》だよ、十字を切って、神に祈《いの》りなさい」

夫の考えることがそのままオリガの考えになった。部屋が暑いと夫が思えば、オリガも暑い。商いが低調になったと夫が思えば、オリガもそう思った。夫はまったく趣味《しゅみ》も持たず気晴らしもせず、祝日は家で過《す》ごした。オリガもそうした。

「いつも家か事務所にいらっしゃるのですね、お嬢《じょう》さま。たまには劇場《げきじょう》とか公園とか、お出かけになられたら？」知り合いは心配した。

「ワシーリイとわたしには劇場へ行く時間などないのです」夫と同じ口調でオリガは答えた。「わたしたちは仕事人間です。つまらないことにかまっていられません。このあたりの劇場で何か面白い出し物がありますか？」

ワシーリイとオリガは土曜日には終夜祈祷式《きとうしき》に、祭日には早朝礼拝《れいはい》に通った。教会からの帰り道、二人は感動の面持ちでピタリと寄《よ》り添《そ》って歩いた。二人からよい香《かお》りがただよい、オリガのシルクの服が擦《こす》れる、さわやかな音が聞こえた。帰宅《きたく》すると紅茶《こうちゃ》を飲み、ミルク入りの甘《あま》いパンにさらに数種類のジャムをつけて食べ、さらにパイまで食べた。昼には屋敷《やしき》の中庭ばかりか、外の通りにまでボルシチと焼いた羊かカモの肉、精進日《しょうじんび》なら魚のおいしそうな匂《にお》いが漂《ただよ》い、通りかかる人々の食欲《しょくよく》を刺激《しげき》した。

倉庫の事務所《じむしょ》にはいつも紅茶の用意ができていて、ドーナツ型《がた》のパンとともに客に供《きょう》された。週に一度夫婦《ふうふ》そろって浴場へ行き、湯気に頬《ほお》を赤らめ、寄り添って帰宅した。

オリガは知り合いに言った。「まあまあ楽しく暮《く》らしています。神様のおかげです。神よ、ワシーリイとわたしのような暮らしを万人に与《あた》えたまえ」

ワシーリイが材木の買いつけに、モギリョフ州へ出張《しゅっちょう》して屋敷を留守《るす》にすると、オリガはひどく寂《さび》しがり、眠《ねむ》れない夜がつづいた。そんなおり、屋敷の離《はな》れを間借りしている男がときおり訪《たず》ねてくるようになった。スミルニンという姓《せい》の連隊つきの若《わか》い獣医《じゅうい》だった。彼《かれ》は世間話やトランプでオリガの気晴らしの相手を務《つと》めた。

オリガがとくに興味《きょうみ》を持ったのは、彼自身の家族の話だった。彼は結婚《けっこん》して息子をひとり授《さず》かったが、妻《つま》の浮気《うわき》が理由で離婚《りこん》した。いまでも妻を許《ゆる》せないが、息子の養育費、月四十ルーブルは送金していた。この話を聞くと、オリガはため息をついて首を横に振《ふ》り、気の毒に思っていることを表した。

ロウソクの明かりを頼《たよ》りに、離れに降《お》りる石段《いしだん》まで彼を送っての別れ際《ぎわ》、「神の助けがありますよう」と、オリガは声をかけた。「寂しさを紛《まぎ》らわせてくださって感謝《かんしゃ》します。あなたの健康を神に祈《いの》ります、聖母《せいぼ》マリアにも祈ります」

オリガはこのところいつも、夫をまねて聖職者《せいしょくしゃ》が信者に語りかけるように話した。獣医の姿《すがた》が石段の下の扉《とびら》のなかに消えようとしたときに、オリガは彼を呼《よ》び止めて言った。

「スミルニンさん、奥様《おくさま》と仲直りするべきですよ。息子さんのためにも許《ゆる》してあげたら！　きっと息子さんはすべて理解《りかい》しているわ」

夫のワシーリィが出張《しゅっちょう》から戻《もど》ると、獣医《じゅうい》とその家族のことをこっそりと告げた。そして、二人でため息をつき首を振《ふ》り、男の子はきっと父親を恋《こい》しがっているはずだと語り合った。その後、どうしてそうなったのか、二人そろって聖像《せいぞう》の前に立ち、深く頭を垂《た》れ、自分たちもこどもを授《さず》かりますように、と神に祈《いの》った。

まさにこのように夫婦《ふうふ》は、相和し、愛し合い、平穏《へいおん》に六年を過《す》ごした。

しかし、六回目の冬は寒さが一段《いちだん》と厳《きび》しかった。ワシーリィは、倉庫で熱い紅茶《こうちゃ》をたっぷり飲んだから大丈夫《だいじょうぶ》だ、と帽子《ぼうし》もかぶらずに外へ出て荷馬車を送り出し、風邪《かぜ》をひいて寝《ね》こんでしまった。町の名医が治療《ちりょう》に当たったが、病は重くなり、四か月の闘病《とうびょう》の末、ワシーリィはこの世を去った。オリガはふたたび未亡人《みぼうじん》になった。

「あなた、どうしてわたしをひとりにしたの？」夫を埋葬《まいそう》し、オリガは泣いた。

「この苦しみのなか、不幸なわたしは、あなたなしでどうすればいいの？　善良《ぜんりょう》なる正教信者の皆《みな》さま、天涯孤独《てんがいこどく》となったわたしを憐《あわ》れみたまえ！」

オリガは喪章《もしょう》のついた黒い服をまとい、帽子と手袋《てぶくろ》を身に付けることをやめた。教会か夫の墓《はか》に行く以外、ほとんど屋敷《やしき》から出ず、まるで修道女《しゅうどうじょ》のような生活を送った。

六か月が過ぎたころ、彼女《かのじょ》はようやく喪章を外し、窓《まど》のよろい戸を開いた。屋敷の料理女を伴《ともな》って朝市に食料品を買いに行く姿《すがた》が見られるようになった。しかし、屋敷のなかで何が起こっているのかは推察《すいさつ》するしかなかった。

ある憶測《おくそく》が世間に広まった。その根拠《こんきょ》となったのは、オリガが屋敷の中庭で獣医《じゅうい》とお茶を飲む光景、獣医がオリガに新聞を読み聞かせている光景などが目撃《もくげき》されたことだった。また、オリガが郵便局《ゆうびんきょく》で出会った知り合いの婦人《ふじん》に語った話の内容《ないよう》も噂《うわさ》の種となった。

「この町にはちゃんとした家畜検査《かちくけんさ》がないのです。そのせいでいろいろな病気が流《は》行《や》るのですよ、奥様《おくさま》。牛乳《ぎゅうにゅう》を飲んで病気になったとか、馬や牛から病気がうつったとか、よく耳にしますでしょう。家畜《かちく》の健康には人の健康とまったく同じように配《はい》慮《りょ》しなければいけないのです」

獣医《じゅうい》の考えの受け売りだった。オリガはあらゆることについて彼《かれ》と寸分違《すんぶんたが》わぬ意見を持つようになっていた。

オリガは、わずか一年でも恋人《こいびと》なしでは生きていけない女性《じょせい》で、今度は屋敷《やしき》の離《はな》れに幸せを見つけた、ということが知れわたった。ほかの女性だったら非難《ひなん》の的になったかもしれなかったが、オリガお嬢《じょう》さまを悪く言う人はいなかった。あのお嬢さまだったら当たり前と人は思った。

オリガと獣医は、二人の関係に起こった変化について誰《だれ》にも言わず、隠《かく》そうと努めた。しかし、お嬢さまは隠しごとができない。

同じ連隊に勤《つと》める獣医仲間が客として訪《おとず》れると、オリガは紅茶《こうちゃ》や夕食でもてなしながら、会話に加わり、家畜《かちく》の感染症《かんせんしょう》がどうの、市営《しえい》の食肉処理場《しょりじょう》がこうの、と受け売りを披露《ひろう》し始める。獣医はひどく困惑《こんわく》して、客たちが去るや否《いな》や、彼女《かのじょ》の手を取り、声をひそめて叱《しか》った。「言ったじゃないか、わからずにしゃべるなと！　専門家《せんもんか》同士が話しているときに、お願いだから、口をはさまないでくれ！　座《ざ》が白けてしまうから」

オリガはびっくりして目を丸くし、おそるおそる聞き返した。「あなた！　わたしになんてことをおっしゃるの!?」

そして目に涙《なみだ》をいっぱいためて、怒《おこ》らないで、と懇願《こんがん》しながら、彼に抱《だ》きついた。そんなことがあっても、二人は幸せだった。

しかし、その幸せは長くはつづかなかった。獣医は所属《しょぞく》する連隊とともに町から消えてしまった。永遠《えいえん》の別れだった。連隊はシベリアかどこか、はるか遠くへ送られてしまった。

残されたオリガは、いまやまったくひとりぼっちになってしまった。父親ははるか以前に亡《な》くなり、愛用の肘掛《ひじか》け椅子《いす》は片足《かたあし》をなくし、ほこりをかぶって屋根裏《やねうら》に転がっていた。

オリガは痩《や》せ、容色《ようしょく》も衰《おとろ》えた。外ですれ違《ちが》う人々ももはや彼女《かのじょ》を見なくなり、かつてのように微笑《ほほえ》みかけることもしなくなった。明らかに最高の日々は過《す》ぎ去った。すべて過去《かこ》のものとなってしまった。いまや違う暮《く》らし、できれば想像《そうぞう》したくもない暮らしが始まろうとしていた。

夕方になると、オリガお嬢《じょう》さまは玄関《げんかん》の石段《いしだん》に腰《こし》を下ろした。『チボリ公園』からバンド演奏《えんそう》の音、打ち上げ花火の音が聞こえてきたが、もはや彼女のなかに何の感情《かんじょう》も呼《よ》び起こさなかった。

彼女はがらんとした中庭を、何も思わず何も望まず、ただうつろな目で眺《なが》めていた。夜中は夢《ゆめ》のなかでがらんとした中庭を見ていた。出されたものをただ飲み、ただ食べた。重要な点、最悪の問題は、彼女のなかにもはや何の意見もなくなってしまったこと。彼女には身の回りのものが見えていた。身の回りのすべての出来事が理解《りかい》できた。しかし、何の意見もまとまらず、何を言ったらよいのかわからなかった。

意見を持たないとは、どれほど恐《おそ》ろしいことか？　例えば、ビンが立っている、雨が降《ふ》っている、荷馬車が走っている、としよう。このビンが、この雨が、この荷馬車が何のためなのか、どんな意味を持っているのか答えられない、たとえ千ルーブルあげると言われても答えられない、ということだ。

最初の夫イワン、二番目の夫ワシーリイ、そして恋人《こいびと》の獣医《じゅうい》がいたとき、オリガはすべてを説明できた。何についてでも自分の意見が言えた。いまや彼女の頭のなかにも、心のなかにも、屋敷《やしき》の中庭のようにがらんとした空洞《くうどう》しかなかった。あるのはニガヨモギを食べ過ぎたときに感じるようなムカつく苦さだった。

町は四方へ少しずつ広がった。『ジプシー村』はもはや集落の名ではなく、町の大通りの呼《よ》び名になった。『チボリ公園』や材木倉庫があったあたりには家屋敷が立ち並《なら》び、市街地ができはじめていた。

光陰矢《こういんや》の如《ごと》し。オリガの屋敷の壁《かべ》は黒ずみ、屋根は錆《さ》びはじめ、納屋《なや》は傾《かたむ》いた。

中庭はとげのあるイラクサなどの雑草《ざっそう》ですっかりおおわれた。オリガ自身も若《わか》さと美貌《びぼう》を失った。短い夏は石段《いしだん》に座《すわ》り、心はからっぽ、感じるのはけだるさと苦さ。長い冬は窓辺《まどべ》に座り、ただ雪を見ていた。春の息《い》ぶきを感じたり、寺院の鐘《かね》の音が風に乗って聞こえたり……そんなとき、突然過去《とつぜんかこ》の思い出がどっとよみがえり、甘《かん》美《び》さに胸《むね》が締《し》めつけられ、目から涙《なみだ》があふれ出ることもあるが、それは一瞬《いっしゅん》のこと。すぐに後戻《あともど》り。感じるのはむなしさと生きる意味のなさ。

屋敷《やしき》に住みついている黒猫《くろねこ》ブルイスカが甘《あま》え声をあげ寄《よ》り添《そ》ってくるが、猫の甘えなどオリガには何の慰《なぐさ》めにもならない。必要なのはそんなものではない！　オリガは、身も心も理性《りせい》までも包《つつ》みこむ愛、生きがいを感じさせてくれる愛、老いゆく血をわき立たせる愛を必要としていた。

オリガは、うるさくまとわりつき、イライラさせる黒猫ブルイスカを蹴《け》るようにして追い払《はら》った。

「シッシッ、どこかへ行っておしまい！」

こうして日々が過《す》ぎ、年月が経《た》って行ったが、何の喜びも、何の意見もないままだった。料理女のマウラに逆《さか》らうことすらなかった。

暑い七月、ある日の夕方、放し飼《が》いの牛の群《む》れが通りを追われていったせいだろうか、屋敷の庭には土ぼこりがもうもうと立ち上っていた。突然誰《だれ》かが屋敷の門を叩《たた》いた。オリガは自分で開けに行き、外を見て、その場に立ちすくんだ。門の外に獣医《じゅうい》のスミルニンが立っていた。かつての軍服姿《ぐんぷくすがた》ではなく、私服で、髪《かみ》には白髪《しらが》が目立った。突然すべての記憶《きおく》がよみがえり、オリガはこらえきれずに泣き出し、ひと言も言わずに彼《かれ》の胸に顔をうずめた。はじめの興奮《こうふん》がいくらか収《おさ》まり、気がつくと、二人はすでに屋敷のなかにいてお茶を飲んでいた。

「あ、あなた……」オリガの声は喜びに震《ふる》えていた。「ス、スミルニン先生！　どうしてここに現《あらわ》れたの？」

「この町に住み着きたくてね」と、彼が答えた。「除隊《じょたい》願いを出して自由の身になったから、どこかに腰《こし》を落ち着けて穏《おだ》やかな暮《く》らしができないだろうか、と思ったのさ。それに息子が大きくなって、中等学校に上がる年になったものだから。実は、妻《つま》とよりを戻《もど》したのだ」

「奥様《おくさま》はどこに？」オリガがたずねた。

「息子とホテルにいる。ひとりで住まいを探《さが》しているのさ」

「まあ！　それなら、あなた、この屋敷《やしき》をお使いになって！　ご家族で住むのに十分でしょう？　いえ、誤解《ごかい》しないで、家賃《やちん》などいただきませんから」オリガは興奮《こうふん》して、また泣き出した。「ここにお住まいになってください。わたしは離《はな》れで十分満足ですから。本当、楽しくなるわ！」

翌日《よくじつ》から錆《さ》びた屋根、黒ずんだ壁《かべ》の塗《ぬ》りかえが始まり、オリガお嬢《じょう》さまは腰に手を当てて、敷地のあちこちを指図して回った。かつての笑顔が戻り、まるで長い眠《ねむ》りから覚めたように、生気と若わかしさが彼女《かのじょ》の全身にあふれた。

獣医《じゅうい》の妻《つま》が馬車でやって来た。不器量で痩《や》せた女性《じょせい》だった。髪《かみ》は短く、わがままそうな顔をしていた。傍《かたわ》らに男の子がいた。サーシャという名の、年の割《わり》には（もうすぐ十歳《さい》）小柄《こがら》で、太った、青く澄《す》んだ目で、えくぼのある少年だった。

敷地に入り、黒猫《くろねこ》に気がつくと、男の子はすぐに駆《か》け寄《よ》り快活《かいかつ》な笑い声をあげた。

「ねえ、これおばさんの家の猫？」サーシャがオリガにたずねた。「子猫が生まれたら、一匹《ぴき》ください、いいでしょう。ママはネズミ嫌《ぎら》いなのです」

出された紅茶《こうちゃ》を飲みながら、問いかけに答えるサーシャのようすを見ていたオリガの胸《むね》が、突然《とつぜん》甘《あま》く温《あたた》かい思いで締《し》めつけられた。まるで実の子を見ている気持ちになった。

その夜、サーシャは屋敷の食堂で予習を始めた。その姿《すがた》がたまらなく愛《いと》おしくて、オリガはつぶやいた。「かわいい坊《ぼう》やね、とてもハンサム……。わたしの赤ちゃん、こんなに色白で、こんなにお利口さん」

「島とは」サーシャが教科書を読んだ。「陸地の一部で、四方を海に囲まれている」

「島とは陸地の一部で……」オリガは真似《まね》てみた。それは長期間におよんだ沈黙《ちんもく》と思考停止の後、彼女が初めて口にした明確《めいかく》な意見だった。自分の意見を持てるようになったオリガは、サーシャの両親とともに食した夕食の席で、このごろの中等学校の授業《じゅぎょう》はとても難《むずか》しくなっているとか、それでも実用的な科目ばかりの学校より、古典やラテン語も教える中等学校のほうがよいとか、そういう古典中学からなら、あらゆる方面へ道が開けている、医者にもなれる、エンジニアにもなれるとか、矢《や》継《つ》ぎ早《ばや》に意見を述《の》べた。

サーシャは古典中学のほうに入学した。母親は、はるか南のハリコフの妹のもとへ行ってしまい、帰ってこなかった。父親は家畜《かちく》の検疫《けんえき》に出かけ、二、三日家を留《る》守《す》にすることもあった。オリガにはサーシャが、家族の邪魔者《じゃまもの》になって捨《す》てられてしまい、飢《う》え死にしそうになっているように思えた。彼女《かのじょ》は自宅《じたく》となった離《はな》れに少年を引き取り、小部屋をひとつあたえた。

サーシャが離れで暮《く》らし始めて半年がたった。毎朝オリガはこども部屋へ行く。

少年はまだぐっすり眠《ねむ》っている。片手《かたて》を枕《まくら》と頰《ほお》の間に置いて寝息《ねいき》を立てている。とても起こす気になれないが、「サーシャや」と、申し訳《わけ》なさそうに声をかける。「起きなさい、坊《ぼう》や、学校の時間ですよ」

目覚めた少年は、着がえて、お祈《いの》りをし、テーブルに着く。紅茶《こうちゃ》を三杯《ばい》飲み、大きめのドーナッ型《がた》パンを二個《こ》、バターを塗《ぬ》ったフランスパンを半切れ食べる。少年はまだ眠りから覚めきらず、ぼんやりしている。

「いいですか、サーシャ。昨日は教室でちゃんと暗唱できなかったのよね」オリガは遠方へ旅立つ子を見送るように少年を見る。「本当に心配かける子ね。いい子だから、しっかり勉強してね、先生の言うことをよく聞きなさい」

「もう、頼《たの》むから、ほっといてよ！」と、サーシャは言い返す。

サーシャは学校へ向かう。体は小さいのに学生帽《がくせいぼう》は大きい。背中《せなか》にはランドセル。オリガは跡《あと》をつけ、「サーシャ！」と、呼《よ》び止める。振《ふ》り向いた少年の手に、ナツメヤシの実か飴玉《あめだま》をそっと忍《しの》びこませる。学校への曲がり角まで来るとサーシャは、後ろから背の高い大柄《おおがら》な女性《じょせい》がついてくるのが恥《は》ずかしくなって、振り向いて叫《さけ》ぶ。

「おばさん！　帰ってよ、あとはひとりで行けるから」

オリガは足を止め、少年の姿《すがた》が学校の玄関《げんかん》のなかに消えるまで、じっと見守る。どれほど彼女《かのじょ》は彼《かれ》を愛しているのか！　これまでの愛のなかでこれほど深い愛はあっただろうか。これほど身を焦《こ》がした愛はあっただろうか。サーシャへの愛は見返りを求めないで、ただつくし、喜びを感じる愛、熱く燃《も》え上がる母親の愛、母性《ぼせい》本能《ほんのう》だった。血は繋《つな》がっていなくても、この子のためなら、そのえくぼのためなら、学生帽《がくせいぼう》のためなら、喜んでうれし涙《なみだ》を流して死ねる。なぜか？　誰《だれ》にわかるだろう

――なぜか。

サーシャの登校を見届《みとど》け、ほっとひと安心、オリガは静かに帰路につく。この半年で若返《わかがえ》った顔にはあふれんばかりの愛情《あいじょう》が浮《う》かんでいる。微笑《ほほえ》みを浮かべ輝《かがや》きを放つオリガに出会う人々は、つられて上機嫌《じょうきげん》であいさつする。

「こんにちは、オリガお嬢《じょう》さま！　ご機嫌いかがですか？」

「このごろの中学の勉強はたいへんなのですよ」オリガは市場で話す。「笑いごとじゃないの。昨日の一年生の教室では物語を一編《ぺん》まるまる暗唱させたり、ラテン語の翻訳《ほんやく》をさせたり、残った分は宿題になったり……、小さい子に何もそこまでしなくても」さらに先生方のこと、授業《じゅぎょう》のこと、教科書のこと――サーシャの言ったことをそっくりそのまま。

二時過《す》ぎに帰宅《きたく》するサーシャと昼食をとり、夕方から一緒《いっしょ》に予習をする。なかなか進まず、一緒に泣いたりもする。ベッドに寝《ね》かせつけた後、彼女はサーシャのために十字を切りながら、祈《いの》りの言葉をささやきつづける。やがて自分もベッドに横たわり、はるか先の、霧《きり》にかすむ未来のことを思い描《えが》く。サーシャは卒業して医者かエンジニアになり、大きな屋敷《やしき》、たくさんの馬と馬車を所有し、結婚《けっこん》してこどもができる……。眠《ねむ》ってからも同じことを夢《ゆめ》に見る。すると、閉《と》じた目から涙が流れ出て頬《ほお》をつたう。彼女の脇《わき》にもぐりこんだ黒猫《くろねこ》が小さく鳴く。「ミャーミャーミャー……」

突然《とつぜん》、門を激《はげ》しくたたく音。その音に起こされたオリガは恐怖《きょうふ》のあまり息もできない。心臓《しんぞう》がドキドキする。短い静寂《せいじゃく》の後、ふたたびノックの音。(電報《でんぽう》よ。きっとハリコフの母親からだわ)と、思うと全身に震《ふる》えが走る。(きっとサーシャをハリコフへ返せと言ってきたのよ……、どうしましょう！　ああ、神様！)

彼女《かのじょ》は絶望《ぜつぼう》する。頭も手足も冷たくなる。この世でわたしほど不幸な人間はいない、と嘆《なげ》く。

しかし、もうしばらく待つと、人の声が聞こえてくる。何でもなかった。獣医《じゅうい》がクラブから帰ってきただけだった。

(ああ、よかった)オリガは胸《むね》をなでおろす。胸のなかの重い塊《かたまり》が少しずつ溶《と》ける。息が楽になる。あらためて横になり、となりの部屋で眠《ねむ》るサーシャのことを考える。

サーシャの寝言《ねごと》が聞こえる、

「いやだよ！　やめろよ！　あっちへ行けよ！」

オイスター

Устрицы

あの小雨降《ふ》る秋の夕刻《ゆうこく》に起きたことを思い出すのには、必死になって記憶《きおく》をたどる必要はありません。いまでも昨日のことのように細部まで覚えています……。

モスクワの中心街、ぼくは父と一緒《いっしょ》に、人通りの激《はげ》しい道に立っている。かろうじて立っているが、奇妙《きみょう》な病気におかされている。どこも痛《いた》くないが、足はフラフラ、言葉は喉《のど》につかえて出てこない。頭はグラグラ揺《ゆ》れる。いまにも気を失って、倒《たお》れそうだ。こんな症状《しょうじょう》のぼくを病院へ連れて行ったら、お医者さんはきっとぼくの病名を書く欄《らん》に「ＦＡＭＥＳ《ファメース》」と記入するだろう。医学の教科書には載《の》っていない病気――ラテン語で「飢《う》え」という意味だ。

歩道でぼくの横にいるのは実の父親。着古した夏用のコートを羽織《はお》り、先っぽに白いポンポンのついたニット帽《ぼう》をかぶっている。履《は》いているのは重そうなブカブカの長靴《ながぐつ》。人目を気にする父は、裸足《はだし》で直《じか》に長靴を履いているのを気づかれまいと、長靴の胴《どう》をしきりに膝近《ひざちか》くまで引っぱり上げようとする。この貧乏《びんぼう》で、ちょっと抜《ぬ》けたところのある変人の父を、ぼくは好きだ。新品のころはおしゃれだった夏用のコートが汚《よご》れて、ボロボロになればなるほど、ますます父が好きになる。五か月前、父は事務系《じむけい》の職《しょく》を求めて大都市モスクワへ出てきた。五か月間町中を職探《さが》しで歩き回ったが……とうとう今日、道端《みちばた》で物乞《ものご》いをする決心をしたのだ……。

通りの向かいに三階建ての大きな建物があり、『居酒屋《いざかや》』の青い看板《かんばん》が下がっている。頭が弱々しく前後左右に揺《ゆ》れるので、思わず上へ目がいき、ぼくは居酒屋の明るい窓《まど》を見ることになる。窓のなかにチラチラと人影《ひとかげ》が見える。オルガンの右側面、油絵の複製《ふくせい》が二枚《まい》、天井《てんじょう》から吊《つ》られたランプも見える。一枚の窓に目を凝《こ》らすと、白いしみのようなものが見える。しみは一点に張《は》りついて動かない。全体の暗《あん》褐色《かっしょく》を背景《はいけい》に、直線の輪郭《りんかく》がはっきり浮《う》き出て見える。じっと目を凝らすと、どうやらそれは「品書き」らしい。何か書いてあるが――読み取れない……。三十分「品書き」から目をそらせない。白さが目を引きつける。ぼくの脳《のう》は催眠術《さいみんじゅつ》にかかってしまったのか。何とか文字を読もうとするが、その努力は報《むく》われない。そうこうするうちに、ぼくの奇妙《きみょう》な病気の症状《しょうじょう》が表に出てくる。馬車が通る音が雷鳴《らいめい》に聞こえ、街のありとあらゆる嫌《いや》な臭《にお》いが鼻を突《つ》き、居酒屋《いざかや》のランプや通りの街灯が稲《いな》妻《ずま》のように目を暗ます。ぼくの五感が研《と》ぎ澄《す》まされ、限界《げんかい》を超《こ》えて機能《きのう》し始める。それまで見えなかったものが見えてくる。『オイスター』――品書きの文字が判別《はんべつ》できる。知らない単語だ！　この世に生まれて、ちょうど八年と三か月。この単語にお目にかかったことは一度もない。どんな意味だろう？　居酒屋の主人の名前だろうか？　いや、それなら入り口に書かれるはず、壁《かべ》には張《は》り出さない！

「パパ、オイスターって何？」と、力の入らない首をやっとの思いで回して、父にたずねる。

父は聞いていない。街を行く群衆《ぐんしゅう》の動きに注意を払《はら》い、通行人一人ひとりを目で追っている……。目の動きから、通行人に声をかけたがっているのがわかるが、かける言葉、その運命のひと言がどうしても口から出ない。言葉が重りとなって震《ふる》える唇《くちびる》に引っかかってしまっている。一度は目の前を通った男性《だんせい》に歩み寄《よ》り、その袖《そで》をつかむところまで頑張《がんば》ったが、男性が振《ふ》り向くと、「アッ、すみません」と、言って、オドオドと引き下がってしまった。

「ねえ、パパ、オイスターって何のこと?」と、聞き直す。

「生き物だ……海の生物だ……」

ぼくはすぐに、見たこともない海洋生物を頭に描《えが》く。きっと魚と貝の中間ぐらいだろう。海産物だから間違《まちが》いなくおいしい料理になる。たとえば、香辛料《こうしんりょう》とローリエの葉の入った熱いスープとか、サメの軟骨《なんこつ》入りの酸味《さんみ》の煮込《にこ》みとか、えびの殻《から》からとったアメリケーヌというソースとか、ホースラディッシュをつけて食べるシーフードサラダとか……。目の前にリアルな光景が浮《う》かぶ。市場からこの食材が運ばれてくる。大急ぎで下ごしらえをし、大急ぎで鍋《なべ》へ……。急げ、急げ、みんな腹《はら》ぺコ……とくにぼくは腹《はら》がペコペコだ！

厨房《ちゅうぼう》から魚のソテーの匂《にお》い、魚スープの匂いが漂《ただよ》ってくる。その匂いが鼻の先から奥《おく》へと進み、やがてぼくの全身を包《つつ》みこむ……。居酒屋《いざかや》、父、白い張《は》り紙、ぼくの上着の袖《そで》――いたるところから匂いがする。強烈《きょうれつ》な匂いに耐《た》え切れず、ぼくの口が自然に動き出す。噛《か》んで、砕《くだ》いて、飲みこむ。口のなかに実際《じっさい》に海産物がひと切れ入っているかのように……。食べる快感《かいかん》に酔《よ》いしれるあまり、足もとがおろそかになり、転倒寸前《てんとうすんぜん》、父の袖につかまり、雨に濡《ぬ》れた薄《うす》い夏物のコートにもたれかかる。父は身を縮《ちぢ》めて震《ふる》えている。寒い。

「パパ、オイスターって、血が温《あたた》かい動物？　精進日《しょうじんび》に食べちゃいけないの？」

「いや、冷血さ。しかも、生きているのを、そのまま食べるんだよ……。甲羅《こうら》をしょった亀《かめ》みたいで、でも……上下二枚《まい》の貝殻《かいがら》に挟《はさ》まっているのさ」

ぼくの全身を喜ばせていた味と香《かお》りが一瞬《いっしゅん》にして消え、妄想《もうそう》がストップする……。完全に疑問《ぎもん》は解決《かいけつ》！

「気持ち悪い」と、つぶやく。「気持ち悪い！　オイスターなんて、嫌《きら》いだ！」

頭に浮《う》かぶのは、カエルに似《に》た動物。貝殻に乗ったカエルが大きな目をギラギラ輝《かがや》かせ、気味悪いあごをプックリ膨《ふく》らませている。調理の光景も変わる。その生き物は、市場から生きたまま貝に乗って運ばれてくる。カニのようなはさみを持ち、目はギョロギョロ、肌《はだ》はヌルヌル……。こどもは泣き出す。コックの女はしかめっ面で、嫌《いや》そうにはさみをつまんで皿に乗せ、そのままテーブルの上に出す。大人たちは手づかみで食べる……生きたままを。目玉も、歯も、足も食べる！　食べられる生き物は、ゲロゲロ悲鳴《ひめい》を上げ、人の唇《くちびる》に噛《か》みつこうとする。

ぼくも顔をしかめるが……しかし、なぜか歯が何かを噛むように動き始める。不気味な生き物は嫌だ、怖《こわ》い。でも、ぼくはそれをガツガツと食べ始める。飲みこむように、味や匂いがわからないように……。一匹《びき》食べ終わる。すぐに二匹《ひき》目のギラギラした目を見る。さらに三匹《びき》目も……。全部食べる……。ついに、ナプキンも、お皿も、父の長靴《ながぐつ》も、白い張り紙も、食べる……。手あたりしだい、何もかも食べる。ぼくの病気は食べることでしか治らないから……。オイスターは怖《こわ》い目でぼくを見る。気味が悪い。考えただけでゾッとする。でも、食べたい！　タ・ベ・タ・イ！

「オイスターをくださーい！　食べさせてくださーい！」と、ぼくは腹《はら》から叫《さけ》ぶ。両手を前に差《さ》し出す。

「右や左の旦那様《だんなさま》！」そのとき、父の押《お》し殺したような、かすかな声。「どうか、お恵《めぐ》みを……アアァ……だめだ、やっぱり言えない……」

「オイスターをくださーい！」と、父のコートの裾《すそ》を引っぱって、ぼくは叫《さけ》びつづける。

「おい、お前、オイスターを食べるのか？　こどものくせに！」すぐ近くで笑い声が上がる。ぼくたち父子の前にシルクハットの紳士《しんし》が二人立ち、ぼくの顔を見て笑っている。「おい、腹《はら》ペコボウズ、本当にオイスターが食いたいのか？　嘘《うそ》じゃないな？　面白い！　食べられるかな？」

はっきり思い出せないが、誰《だれ》かの強い手に首を掴《つか》まれ、こうこうとランプに照らされた居酒屋《いざかや》へ連れこまれる。すぐに客たちがぼくを取り囲み、笑いながら好奇《こうき》の目を向ける。

ぼくはテーブルに置かれた、何かヌルヌルしたものを食べる。塩辛《しおから》い。生臭《なまぐさ》い。腐《くさ》ったような匂《にお》いだ。ガツガツ食べる。噛《か》まない、見ない。何を食べているのか、わからないほうがいい。目を開けると、きっとギョロギョロ動く目、はさみのような手、尖《とが》ったキバが見えるだろう……。突然《とつぜん》、硬《かた》いものを噛む。ガシャッと割《わ》れる音。

「ハッハッハッ、貝殻《かいがら》まで食べてるぞ！」周りで笑いが弾《はじ》ける。「ばかな子だ、食べられると思っているのか？」

次に思い出すのは激《はげ》しいのどの渇《かわ》き。自分のベッドで横になっているけれど、胸《むね》やけのせいで眠《ねむ》れない。渇きで焼けるように熱い口のなかに、経験《けいけん》のない味が広がっている。父は部屋のなかを歩き回り、憐《あわ》れみを誘《さそ》う身振《みぶ》り手振りの稽古《けいこ》をしている。「風邪《かぜ》をひいたかもしれん」と、父がぶつくさ言っている。「頭の調子が変だ……。なかに誰《だれ》かがいるみたいだ……。たぶん今日一日何も食べなかったから……そのせいかな……。確《たし》かにふつうじゃなかった、ひらめかなかった……。あの旦那方《だんながた》がオイスターに十ルーブルも払《はら》うのを黙《だま》って見ていた。あのときそばへ行ってお願いすればよかった。何ルーブルかお恵《めぐ》みくださいって……いや、貸《か》してくださいって言ったほうが……きっと、もらえたはずだ」

明け方になって、ようやく眠《ねむ》りにつく。夢《ゆめ》にはさみを持ったカエルが現《あらわ》れる。貝の上で目をギョロギョロさせている。昼ごろ、のどの渇《かわ》きで目を覚ます。目で父を探《さが》す。父はまだ歩き回っている、身振りの稽古をしながら……。

少年たち

―お兄ちゃんとおともだち―

Мальчики

「ヴァロージャが帰ってきた！」誰《だれ》かが外で叫《さけ》んだ。

「お坊《ぼっ》ちゃまがお帰りです！」ナターリヤが金切り声を上げて、ダイニングに飛びこんで来た。

「よかったわ」

「ワーッ、お兄ちゃんだ！」

ヴァロージャの到着《とうちゃく》を、いまかいまかと待ちわびていたコロリョフ家の家族全員が、窓《まど》に駆《か》け寄《よ》った。玄関《げんかん》に一台のそりが止まっていた。荷物用で、何の覆《おお》いもなく、吹《ふ》きさらしのそり。三頭の白馬から白い湯気がモクモク上がっている。そりは空っぽだった。ヴァロージャは、すでに階段《かいだん》の上にいて、かじかんだ赤い指で防寒《ぼうかん》フードのひもをほどこうとしていた。学生用コート、制帽《せいぼう》、オーバーシューズ、こめかみの毛……、外気に触《ふ》れるすべての場所につららができている。冷え切った兄の体から零下《れいか》の寒気のよい匂《にお》いが立ち上る。妹たちが、外へ飛び出し、「キャーッ、サムーイッ！」と叫びたくなるほどの……。

母親と叔母《おば》は、彼《かれ》に駆け寄り、抱《だ》きしめてキスをした。ナターリヤは彼の足下にかがみこみ、ブーツを引き剝《は》がし始めた。妹たちは嬌声《きょうせい》を上げつづけている。ドアがギーッ、バタンッと鳴り、ベスト姿《すがた》の父親が手にはさみを持って、ダイニングに駆けこんできて、息子の帰還《きかん》を喜び、大声を上げた。

「昨日から待っておったぞ！　道中無事だったか？　元気か？　おいおい、息子にちゃんと父親にあいさつさせてやりなさい。わたしが父親なんだから、そうだろ！」

「ワンッ、ワンッ」大きな黒犬のミロードが低い声で吠《ほ》え、しっぽを振《ふ》って、壁《かべ》や家具に打ちつけた。

すべてが混《ま》ざり合って、聞き分けられない喜びの喧騒《けんそう》になった。それが二分もつづいただろうか、コロリョフ家の人々は、玄関にヴァロージャのほかにもうひとり少年がいることに気がついた。スカーフ、ショール、頭巾《ずきん》、手あたりしだいの布《ぬの》を体に巻《ま》きつけ、つららに覆《おお》われた少年が、大きすぎる狐皮《きつねがわ》のオーバーに隠《かく》れるように隅《すみ》にひっそり立っていた。

「ヴァロージャ、どなたかしら?」と、母親が声をひそめてたずねた。

「アッ!」と、ヴァロージャが気づいた。「紹介《しょうかい》します、友達のチェチェビーツィン君です。二年生です……ぼくのお客として連れて来ました」

「そうかい、よく来たね、歓迎《かんげい》するよ!」父親が喜んだ。「こんな普段着《ふだんぎ》でのお出迎《むか》えで、失礼するよ……とにかく、よろしく! ナターリヤ、チェレなんとか君のコートを取ってさしあげなさい! うるさいな、この犬を追い払《はら》いなさい! しばらく外へ出しておきなさい、罰《ばつ》です!」

数分後、大歓迎《だいかんげい》にあっけにとられながらも、ヴァロージャとその友人のチェチェビーツィンはテーブルにつき、紅茶《こうちゃ》を飲んでいた。二人の顔はまだ寒さでピンク色に染《そ》まったまま。

冬の日差《ひざ》しは、降《ふ》る雪と飾《かざ》り窓《まど》を通り抜《ぬ》け、卓上湯沸《たくじょうゆわ》かし器《き》サモワールの金属面《きんぞくめん》でキラキラ踊《おど》り、さらに、二人の少年の前に置かれたフィンガーボールの水面で泳ぐ。部屋は暖《あたた》かかった。少年たちは、冷え切った体のなかで暖《だん》と寒が互《たが》いに譲《ゆず》らず、ムズムズとしのぎ合っているのを感じていた。

「早いものだなあ、もうクリスマスだ！」父親がこげ茶色の煙草《たばこ》の葉をボール紙で巻《ま》きながら、しみじみ話し始めた。「夏に母親がお前を泣きながら見送っていたのを、ついこの間のことのように覚えているが、今日はもうお帰りだ……。光陰矢《こういんや》の如《ごと》し、あっという間。歳《とし》をとるのも、あっという間さ！　チェチェなんとか君、食べているかな？　遠慮《えんりょ》しなさんな、うちでは気楽にしてくれたまえ」

ヴァロージャには三人の妹がいた。十一歳《さい》のカーチャを筆頭に、ソーニャとマーシャ。少女たちはテーブルについて、初対面の少年をじっと観察していた。チェチエビーツィンは、歳も背《せ》たけも兄のヴァロージャと同じだが、ぽっちゃりして色白の兄と違《ちが》って、痩《や》せていて、顔は浅黒く、そばかすだらけだった。髪《かみ》は剛毛《ごうもう》、目は細く、唇《くちびる》は厚《あつ》い。とてもハンサムとは呼《よ》べない。もし彼《かれ》が全寮制《ぜんりょうせい》中学の制服《せいふく》のジャケットを着ていなかったら、その外見から、料理女ナターリヤの息子に見えたかもしれない。彼は陰気《いんき》で、終始無言、一度も笑わない。少女たちはそんな彼を見てすぐに、きっと頭がよくて、勉強のできる子だ、と思った。

彼はずっと何かを考えていて、物思いに集中するあまり、何かを問われると、急にビクッと頭をもたげて、質問《しつもん》をくり返してほしい、と頼《たの》むほどだった。妹たちは、ふだんは明るくておしゃべりな兄のヴァロージャも、今回は無口でほとんど笑わないことに気がついた。まるで実家に帰ったことが嬉《うれ》しくないようにすら見えた。紅《こう》茶《ちゃ》を飲んでいる間、一度だけ妹たちに話しかけたが、聞いたことのない不思議な言葉を使った。紅茶を温《あたた》めているサモワールを指さして、

「カリフォルニアでは紅茶の代わりにジンを飲むのだ」

兄も何かを考えつづけていた。ときおり友人のチェチェビーツィンと視線《しせん》を交わすようすから、どうやら二人で同じことを考えているらしい。

お茶を飲み終えると、全員がこども部屋に移動《いどう》した。父親と娘《むすめ》たちは、机《つくえ》に向かい、少年たちの到着《とうちゃく》で中断《ちゅうだん》していた作業に戻《もど》った。彼らは、クリスマス・ツリー用に色紙で花とモールを作っていた。にぎやかで楽しい作業だった。花が一輪でき上がるたびに少女たちは感動の叫《さけ》び声をあげた。まるで魔法《まほう》で空から花が降《ふ》ってきたような驚《おどろ》きの声。パパも感動の輪に加わっていたが、ときおり切れ味が悪いと怒《おこ》って、はさみを床《ゆか》に投げ捨《す》てる。

すると、ママが困《こま》った顔でこども部屋に駆《か》けこんで来る。

「わたしのはさみを持って行ったのは誰《だれ》？　まあ、イワン、またあなたなの。わたしのはさみを勝手に持っていったわね？」

「おやおや、はさみも自由にならんのか！」イワンと名を呼《よ》ばれたパパは、情《なさ》けない声を出し、椅子《いす》の背《せ》にもたれて、傷《きず》ついたポーズをとった。しかし、一分もすると、ふたたび飾《かざ》りつけの仲間に加わった。

かつては、冬休みに帰ってくるたびに、兄もツリーの準備《じゅんび》を手伝ったり、庭へ走り出て、馬小屋で働く使用人たちが雪だるまを作るのを見て楽しんだりしたのだが、今回は彼《かれ》もチェチェビーツィンも、色紙にまったく興味《きょうみ》を示《しめ》さず、馬小屋を見に行こうともせず、窓辺《まどべ》に座《すわ》り、何やらささやき合っていた。そのうちに、一緒《いっしょ》に地図帳を広げ、どこかのページを調べ始めた。

「最初は、ウラル山脈のペルミまで」と、チェチェビーツィンが小声で言う。「そこからシベリアのチュメニ、トムスク……その先は……もっと先……カムチャツカ半島に着くだろ……。そしたら、現地《げんち》の人が船を出してくれるから、ベーリング海《かい》峡《きょう》を渡《わた》れる……。ほら、ここがアメリカだ……毛皮獣《けがわじゅう》がいっぱいいるぞ」

「カリフォルニアは?」と、ヴァローシャが聞く。

「カリフォルニアはもっと下……アメリカにさえ渡っちゃえば、カリフォルニアは目と鼻の先。途中《とちゅう》の食料は、狩《か》りで手に入れてもいいし、強盗《ごうとう》を働いたっていいのだ」

翌日《よくじつ》も一日中、チェチェビーツィンは少女たちを寄《よ》せつけず、チラチラ見るだけだった。ところが、夕食後なりゆきで五分ほど、彼ひとりと少女三人だけが食堂に残されてしまった。黙《だま》っているのも気まずかったのか、彼はエヘンッとひとつ咳払《せきばら》いして、右の手のひらで左手をこすり、いちばん年上のカーチャをさりげなく見て、話しかけた、

「マイン・リードが書いた新大陸の冒険《ぼうけん》物語を読んだことがあるかい？」

「何よ、それ、知らないわ……。ねえ、スケートで遊ばない？」

その誘《さそ》いにまったく答えず、自分の思いに沈《しず》みこんだチェチェビーツィンは、頬《ほお》を大きく膨《ふく》らませ、フーッと、熱くてたまらないときのような息を吐《は》いた。そして、もう一度カーチャを見て、口を開いた。

「バイソンという野牛の群《む》れがパンパスという草原を駆《か》け抜《ぬ》けると、大地が揺《ゆ》れるんだ。ムスタングという野生の馬が驚《おどろ》いてヒヒーンッと鳴き、足をけり上げる、すごいだろ」

チェチェビーツィンは、そこで残念そうに笑い、つけ加えた。

「だけど、先住民が列車に襲《おそ》いかかって来るし、もっと怖《こわ》いのは、モスキートとシロアリさ」

「シロアリ？　何よ、それ？」

「アリはアリでも、羽が生えていて。刺《さ》されたら、とても痛《いた》いぞ。ところで、ぼくが誰《だれ》か知っているかい？」

「チェチェビーツィンさんでしょ」

「いいや、ぼくは誰あろう、勇者一族の族長、鷹《たか》の爪《つめ》ことモンテホーモなり」

最年少のマーシャは彼《かれ》を見ていたが、夕暮《ゆうぐ》れ迫《せま》る窓《まど》の外に目をやり、首を傾《かし》げた。

「チェチェビーツァって、レンズ豆でしょ。昨日食べたわ」

チェチェビーツィンの使う言葉はまったく意味不明。それに、兄のヴァロージャとずっとひそひそ話。兄も遊んでくれないし、何かを考えつづけている。すべてが変だ、不思議だ。年上のカーチャとソーニャは兄たちをしっかり見張《みは》ることにした。

その夜、少年たちが寝室《しんしつ》に引っこむと、少女たちはドアに張りつき、二人の会話に聞き耳を立てた。そして、何と、とんでもないことを聞いてしまった！

少年たちは新大陸アメリカのどこかへ金を掘《ほ》るために行こうとしている。計画の準備《じゅんび》はすでに整っている。ピストル一丁、ナイフ二本、乾《かん》パン、火おこし用の凸《とつ》レンズ、コンパス、四ルーブルのお金。

計画の内容《ないよう》もわかってきた。少年たちは何千キロも徒歩で旅をして、途中《とちゅう》で虎《とら》や野蛮人《やばんじん》と戦う。そして、金と象牙《ぞうげ》を手に入れ、敵《てき》を殺し、海賊《かいぞく》の一味に加わり、ジンという飲み物を飲む。やがて美女と結婚《けっこん》し、プランテーションという大農場を経《けい》営《えい》する。ヴァロージャとチェチェビーツィンは、先を争い、夢中《むちゅう》になって話しつづけていた。

計画を熱く語り合うなかで、チェチェビーツィンは、《鷹の爪・モンテホーモ》と名乗り、ヴァロージャを《白き顔の兄弟》と呼《よ》んでいた。

「いいわね、ママにぜったい言っちゃだめ！」自室へ戻《もど》りながら、カーチャは妹のソーニャにくぎを刺《さ》した。「お兄ちゃんは、アメリカから金と象牙をお土産《みやげ》に持って来てくれるのよ。ソーニャ、あなたがママに言いつけたら、お兄ちゃん行かせてもらえなくなっちゃうわ」

クリスマスの二日前、チェチェビーツィンは、一日中アジア大陸の地図を調べ、何やらメモをとっていた。蜂《はち》に刺《さ》されたようなプックリとした顔のヴァロージャは、沈《しず》んだ表情《ひょうじょう》で部屋を歩き回り、食事にも出てこなかった。こども部屋に飾《かざ》ってあるロシア正教の聖画《せいが》の前で足を止め、十字を切ってお祈《いの》りする場面もあった。

「神様、罪深《つみぶか》きわたくしをお許《ゆる》しください！　かわいそうな母をお守りください！」

夕方、兄の大きな泣き声が聞こえてきた。寝室《しんしつ》に行く前に、兄は父と母、そして三人の妹をいつもより長く抱《だ》きしめた。

カーチャとソーニャには、だいたい察《さっ》しがついた。三女のマーシャは何も、まったく何もわからなかったが、チェチェビーツィンのほうを見て考えこみ、ため息をついて言った。

「ばあやが教えてくれたわ、クリスマスの前には、エンドウ豆とチェチェビーツァ豆を食べなきゃいけないのよ」

クリスマス前日の朝早く、カーチャとソーニャは、音をたてないようにベッドから起きて、兄たちのアメリカへの出発を見ようと、兄の部屋へ向かった。ドアに耳を寄《よ》せると、話し声が聞こえてきた。

「じゃあ、やめたっていうのか？」チェチェビーツィンが怒《おこ》っている。「答えろよ、行かないのか？」

「どうしよう」兄は、小声で泣いていた。「わからないよ、ママがかわいそうだよ」

「白き顔の兄弟よ、お願いだ、一緒《いっしょ》に行こう！　行くって約束したじゃないか。自分から誘《さそ》っておいて、いざ出発となったら、怖気《おじけ》づくなんて」

「ぼくは……ぼくは弱虫じゃないけど、ママが心配するだろう、だから……」

「行くか、行かないか、はっきりしろよ！」

「行くよ、でも……でもいまじゃなくても。もうちょっと家にいても……」

「わかった、ひとりで行く！」と、チェチェビーツィンは、きっぱりと言った。

「ひとりでも大丈夫《だいじょうぶ》さ。だけど、虎狩《とらが》りしたいって、撃《う》ち合いもしたいって言っていたじゃないか！　しかたない、ピストルを渡《わた》してくれ」

兄は泣き出した。その哀《あわ》れな泣き声につられて、妹二人もこらえきれず声をひそめて泣いた。しばらく、兄たちの会話は途切《とぎ》れた。

「本当に行かないのか？」と、チェチェビーツィンが念を押《お》した。

「い……い……行くよ」

「じゃあ、コートを着ろよ！」

チェチェビーツィンは、ヴァロージャを説得するため、さらに手を尽《つ》くした。アメリカは最高だと誉《ほ》め称《たた》え、虎の鳴きまねをし、海を行く船の美しさを語った。逆《ぎゃく》に脅《おど》し文句《もんく》を使ったり、見返りを約束したり。象牙《ぞうげ》も全部、ライオンと虎の皮も全部あげる、とまで言い切った。この浅黒い肌《はだ》、硬《かた》くて突《つ》っ立った髪《かみ》の毛、そばかすだらけの痩《や》せた少年が、少女たちには物語の主人公、超人《ちょうじん》のように思えてきた。何ものをも恐《おそ》れず、先頭に立って戦うヒーロー。彼《かれ》が虎の鳴き声をまねたときには、ドアの向こうに本物の虎かライオンがいるように思えた。自室に戻《もど》り、朝の着がえを始めたとき、長女のカーチャは目にいっぱい涙《なみだ》を浮《う》かべていた。

「いよいよね、ドキドキするわ！」

午後二時、昼食の時間までは何事もなく、静かだった。ところが、少年二人が昼食に姿《すがた》を現《あらわ》さない。屋敷《やしき》にいないことがわかった。

人をやってこども部屋、馬小屋、執事《しつじ》の住む離《はな》れを調べたが、どこにもいない。村も捜《さが》したが、見つからない。午後のお茶にも二人は現れない。夕食の時間になると、ママは不安が募《つの》り、泣き出した。夜、もう一度村の捜索《そうさく》が行われた。松明《たいまつ》の明かりで川も捜した。いよいよ、大騒《おおさわ》ぎ！

次の日、巡査《じゅんさ》が来て、屋敷の食堂で何やら書類を作った。ママは泣きつづけていた。すると突然《とつぜん》、無蓋《むがい》の荷ぞりが玄関前《げんかんまえ》に止まり、三頭の白馬から湯気が立ち上った。

「ヴァロージャが帰って来た！」誰《だれ》かが外で叫《さけ》んだ。

「お坊《ぼっ》ちゃまがお帰りです！」ナターリヤが金切り声を上げて、ダイニングに飛びこんできた。ミロードが低音で「ワンッ、ワンッ」

少年たちは、都心の繁華街《はんかがい》の百貨店で見つかった（火薬を売っている店を探《さが》し回っていたらしい）。

ヴァロージャは、玄関《げんかん》に入るや否《いな》や、ワーッと泣き出し、母親の首に抱《だ》きついた。妹たちは、これから何が始まるか、心配で震《ふる》えていた。パパが兄とチェチェビーツィンを書斎《しょさい》に連れて行った。その部屋から、パパが二人と話す声が長時間聞こえた。ママの話す声も、泣き声も聞こえた。

「こんなことが許《ゆる》されると思っているのか？」パパがお説教している。「学校にわかったら、二人とも退学《たいがく》だぞ。チェチェビーツィン君、きみは恥《は》ずかしいとは思わないか！　非行《ひこう》だぞ！　君が首謀者《しゅぼうしゃ》だ。君のご両親が、きっと厳《きび》しく罰《ばっ》してくれるはずだ。まったく信じられん！　昨日はどこで寝《ね》たのだ？」

「汽車の駅です！」と、チェチェビーツィンが誇《ほこ》らしげに答えた。

ようやく、ヴァロージャは、ベッドに寝かされた。その頭には酢《す》で湿《しめ》らせたタオルが巻《ま》かれた。

どこかへ電報《でんぽう》が打たれ、翌日貴婦人《よくじつきふじん》が訪《おとず》れた。チェチェビーツィンの母親が息子を引き取りに来たのだ。屋敷《やしき》から出ていくとき、彼《かれ》は悪びれもせず、堂々としていた。三人姉妹とのお別れでも、ひと言も話さず、ただ長女のカーチャのノートに、記念のサインを残した。

『鷹《たか》の爪《つめ》・モンテホーモ』

接《せっ》吻《ぷん》
―暗闇でホッペにチュッ―

Поцелуй

五月二十日午後八時、夏の野営地《やえいち》へ移動中《いどうちゅう》のN《エヌ》予備砲兵旅団《よびほうへいりょだん》全六個《こ》中隊がメステチキ村に到着《とうちゃく》、宿営の準備《じゅんび》を始めた。将校《しょうこう》たちは、大砲《たいほう》の傍《かたわ》らで兵に命令を出したり、教会横の広場に集まって宿舎割《わ》り当て担当《たんとう》兵の報告《ほうこく》を聞いたり、あわただしくしていたが、騒《さわ》ぎがピークに達したとき、教会の陰《かげ》から、平服を着た男がきてれつな馬に乗って現《あらわ》れた。

川原毛《かわらげ》と呼《よ》ばれる薄茶色《うすちゃいろ》の小さい馬で、タテガミが美しい黒毛、尾《お》も黒いが短い。奇妙《きみょう》なのはその歩き方。まっすぐ進まず、ダンスのステップを踏《ふ》むようにヒョコヒョコ足を動かして横へ動く。まるで足を鞭《むち》で打たれているように。

誰《だれ》かの使者と思われる男は、将校たちに近づくと、帽子《ぼうし》をピョコッと持ち上げて、伝言を告げた。

「当地の領主《りょうしゅ》、フォン・ラーベク陸軍中将閣下《ちゅうじょうかっか》におかれましては、将校諸君《しょくん》にお茶を差し上げたく、ただちにお屋敷《やしき》へお越《こ》しいただきたいと仰《おお》せであります」

馬が一礼し、奇妙なステップを踏み、横ばいにバックし始めた。使者はふたたび帽子をピョコッと持ち上げたかと思うと、一瞬《いっしゅん》の後にはきてれつな馬とともに教会の裏《うら》に姿《すがた》を消した。

「こりゃあ、まいったな！」割り当てられたばかりの宿舎に分かれて向かいながら、何人かの将校がブツブツぼやいた。「このまま寝《ね》てしまいたいのに、フォン・ラーベク閣下とやらがお茶にお呼《よ》びだってさ！　お茶とは名ばかり、どうなることやら！」

六個中隊の将校全員が、前年度の出来事を昨日のことのように思い出した。一年前の軍事演習《ぐんじえんしゅう》の際《さい》、彼《かれ》らは、コサック騎兵隊《きへいたい》の将校たちと一緒《いっしょ》に、やはりある退役《たいえき》軍人の伯爵《はくしゃく》に、屋敷でお茶でもと招待《しょうたい》された。歓待《かんたい》好きで愛想のよい伯爵は、彼らをもてなし、たっぷり飲み食いさせ、村の宿舎《しゅくしゃ》へ帰さず、屋敷に泊《と》まらせた。もちろん、何の不満もない、かえってたいへん結構《けっこう》な話。ただ困《こま》ったことに、この退役《たいえき》軍人の後輩《こうはい》好きは度が過《す》ぎた。伯爵《はくしゃく》は、翌朝空《よくあさ》が明るくなるまで、将校《しょうこう》たちに自らの古き良き時代の思い出を話し聞かせたり、屋敷《やしき》の部屋から部屋を案内して回り、高価《こうか》な絵画、古い版画《はんが》、珍《めずら》しい武器《ぶき》などを鑑賞《かんしょう》させたり、著名人《ちょめいじん》の直筆の手紙を読み聞かせたり……。ヘトヘトになった将校たちは、興味《きょうみ》があるふりをつづけたが、ベッドが恋《こい》しくて、あくびをかみ殺す。ようやくご主人様から解放《かいほう》されたときには、すでに寝《ね》るには遅《おそ》すぎた。

フォン・ラーベクとやらも同じでは？　同じであろうと、なかろうと、どうしようもない。将校たちは、パーティー用のフロックコートに着がえて、ぞろぞろと領《りょう》主《しゅ》の館を探《さが》して歩きだした。教会わきの広場で道を尋《たず》ねると、お屋敷への行き方は二通りで、「下の道」と「上の道」があると言う。教会の裏《うら》から川へ下るのが「下の道」。川岸沿《かわぎしぞ》いに行くとお屋敷の庭に出るので、その先は庭内の並木道《なみきみち》を進めばよいらしい。教会から広い道を道なりに行くのが「上の道」。お屋敷の物置に突《つ》き当たるらしい。五百メートルほどで、遠回りだが、わかりやすいと言う。将校たちは「上の道」を選んだ。

「フォン・ラーベクって、知っているかい?」彼《かれ》らは道々話し合った。「ひょっとして、トルコとのプレブナの戦いで、N騎兵師団《エヌきへいしだん》の司令官だった将軍かな?」

「違《ちが》うよ、それはフォン・ラーベクじゃなくて、ただのラーベ将軍。『フォン』のつかない名前だよ」

「それにしても、いい天気だ」

屋敷の物置までたどり着くと、道はそこで二つに分かれていた。まっすぐ行く道は、前方で夜の闇《やみ》のなかへ消えている。もう一本の右へ折れる道が、屋敷の玄関《げんかん》までつづいている。将校たちは右へ曲がり、話し声を小さくする。道の両側に石造《いしづく》りの物置が並《なら》ぶ。赤い屋根の、どっしりとした堅牢《けんろう》な作りで、物置というより、軍隊の地方基地《きち》の兵舎《へいしゃ》を思わせた。前方に屋敷の窓《まど》の明かりが見えてきた。

「しめた、吉《きち》と出たぞ」ひとりの将校がささやいた。「われらの猟犬《りょうけん》が先頭に立った。嗅《か》ぎつけたらしい。きっと獲物《えもの》がいるぞ」

いちばん前を歩いていたのはロブイトコ中尉《ちゅうい》。がっしりした長身の男なのに、まったくひげがない（二十五歳《さい》は超《こ》えているのに、ぽっちゃりした丸顔になぜか何も生えていない）。砲兵旅団《ほうへいりょだん》でこの中尉《ちゅうい》は、鼻が利《き》くこと、とくに近くに女性《じょせい》が隠《かく》れていることを嗅ぎあてる能力《のうりょく》があることで知られていた。その彼《かれ》がふり返った。

「間違《まちが》いない、ここには女がいるぞ。おれの第六感がそう言っている」

屋敷《やしき》の入り口で将校《しょうこう》たちを軍服姿《すがた》で出迎《でむか》えたのはフォン・ラーベク将軍《しょうぐん》本人。六十歳ぐらいの上品な老人だった。将軍は、握手《あくしゅ》で客を出迎え、歓迎《かんげい》のあいさつをする。その一方で、本来ならお泊《と》めしたいところだが、今夜はあいにくそれができない、と丁寧《ていねい》に詫《わ》びた。その夜は、兄弟、姉妹、そのこどもたち、隣人《りんじん》たちが集まっていて、屋敷に空いた部屋がひとつもない、とのことだった。

将軍は、一人ひとりと握手し、謝《あやま》りながら、笑顔を浮《う》かべていたが、その顔には昨年の伯爵《はくしゃく》ほどには客を歓迎していない、と書いてあった。彼が将校たちを招待《しょうたい》せざるを得なかったのは、それが礼儀《れいぎ》と考えたからにすぎないのだろう。

将校たちのほうも、階段《かいだん》のやわらかい敷物の上で、屋敷の主のあいさつを受けながら、この館に招待されたのは、そうしないと世間体が悪いからで、どうやら、それが唯一《ゆいいつ》の理由《りゆう》らしいと感じていた。召使《めしつかい》たちが階下の入り口あたりでも、階上の応接間《おうせつま》でも、明かりをともすために右往左往《うおうさおう》している。それを見て、将校たちは、自分たちが屋敷に迷惑《めいわく》と不安の種を持ちこんでしまった、と思い始めていた。兄弟、姉妹、そのこどもたち、隣人たちが冠婚葬祭《かんこんそうさい》いずれかのために集まったらしい。そんな場所に十九人もの赤の他人の将校がいてかまわないのか？

階段の上、大広間の入り口で客を出迎えたのは、背《せ》の高い、すらっとした老嬢《ろうじょう》。ほっそりとした顔、黒い眉毛《まゆげ》で、フランスのナポレオン三世の妃《きさき》、ウジェニー皇后《こうごう》にそっくり。ニコニコと優雅《ゆうが》に笑っている。彼女《かのじょ》も訪問客《ほうもんきゃく》に歓迎のあいさつをしつつ、夫の将軍と同じように、あいにく拙宅《せったく》にお泊めできない、と陳謝《ちんしゃ》した。たしかに優雅にニコニコ笑っていたが、客から顔を背《そむ》けるたびに一瞬《いっしゅん》で笑顔が真顔に変わるところを見ると、その年齢《ねんれい》まで数え切れないほど将校《しょうこう》を迎《むか》えてきた彼女《かのじょ》だが、今回だけは将校などにかまっていられない事情《じじょう》を抱《かか》えている、と察《さっ》することができた。彼女が今夜彼《かれ》らを招待《しょうたい》し、なおかつお詫《わ》びの言葉を述《の》べているのは、彼女の育ちと身分がそうさせているに過《す》ぎないのだろう。

将校たちは広いダイニング・ルームへ招《まね》き入れられた。広間の一角に長いテーブルがあり、数十人の老若男女《ろうにゃくなんにょ》が料理や飲み物を前に座《すわ》っていた。その列の向こうに、モクモク漂《ただよ》う煙草《たばこ》の煙《けむり》に包《つつ》まれた男たちの一団《いちだん》が見える。グループのなかに赤毛の頬《ほお》ひげをたくわえたスラっとした青年がいて、大声で外国語を話していた。発音からして英語のようだ。男性《だんせい》グループの奥《おく》に扉《とびら》があり、なかにインテリアが空色で統《とう》一《いっ》された部屋が見える。

「将校諸君《しょくん》、大勢《おおぜい》で来ていただいたので、お一人おひとり紹介《しょうかい》できない！」将軍が気分上々を装《よそお》って大声を出した。「諸君、それぞれ手短に自己《じこ》紹介してもらおう」

怖《こわ》いくらい真剣《しんけん》な顔であいさつする者もいれば、ぎこちない笑顔を浮《う》かべてあいさつする者もいた。ようやく全員が席に着いた。

二等大尉《たいい》のリャボビッチは、誰《だれ》よりも居心地《いごこち》の悪さを感じていた。彼は背《せ》の低い猫背《ねこぜ》の将校で、眼鏡《めがね》をかけ、ヤマネコのひげのように逆立《さかだ》ったぼさぼさのもみあげを生やしていた。仲間が真顔やぎこちない笑顔を作っているなかで、彼の容貌《ようぼう》、ぼさぼさのもみあげ、眼鏡は、問われるまでもなく語っていた。「わたしは、本隊のなかでいちばん臆病《おくびょう》で内気で華《はな》のない将校であります」

ダイニング・ルームへ入り、テーブルについても、しばらくの間、彼は自分の注意を、誰かの顔とか何かの物体とかに集中することができなかった。顔、顔、顔、夜会服、コニャック用のカットグラス・デカンタ、紅茶《こうちゃ》の湯気、石膏《せっこう》の壁飾《かべかざ》り――すべてがひとつになって巨大《きょだい》な像《ぞう》を結《むす》び、目に映《うつ》る。リャボビッチは不安を覚え、首をすくめたくなる。まるで大衆《たいしゅう》の前で初めて布告《ふこく》を読み上げることになった役人のように、彼は、目の前のすべてが見えているにもかかわらず、それらが正しく認《にん》識《しき》できなかった（対象を見ているのに、理解《りかい》できない、この症状《しょうじょう》を生理学者は「心理的視覚障害《しかくしょうがい》」と呼《よ》ぶ)。しばらくして興奮《こうふん》が収《おさ》まると、リャボビッチは視力《しりょく》を取り戻《もど》し、周りの観察を始めた。

最初に目に入ったのは、臆病《おくびょう》で内向的なリャボビッチにとって、自分にはまったくないもの――つまり、知り合ったばかりの人々のたぐいまれなる外向性だった。主人のフォン・ラーベク、その妻《つま》、二人の中年姉妹、そのどちらかの娘《むすめ》と思われるライラック色のドレスを着た令嬢《れいじょう》、主人の息子と判明《はんめい》した赤い頰《ほお》ひげの青年――これらの人物たちがあらかじめリハーサルをしていたかのように、将校《しょうこう》たちの間にたくみに配置されている。そして、それぞれが自分の位置に着くや否《いな》や、客たちが引きこまれずにはいられない話題を選んで熱い論争《ろんそう》を始める。ライラックの令嬢は、砲兵《ほうへい》は騎兵《きへい》、歩兵よりずっと楽だと熱く述《の》べ始めた。フォン・ラーベクと二人の中年婦人《ふじん》は反対意見を表す。賛否両論《さんぴりょうろん》が交錯《こうさく》する。リャボビッチは、まったく他人事で何の興味《きょうみ》もない話題で激《はげ》しく言い争っているライラックの令嬢を観察して、彼女《かのじょ》の顔に薄《うす》ら笑いが現《あらわ》れたり消えたりすることに気がついた。

フォン・ラーベクとその家族は、将校たちをたくみに会話に引きずりこみながら、その一方で彼《かれ》らの杯《さかずき》や口元をちらちら見て、ちゃんと飲んでいるか、しっかり食べているか、あの人はなぜビスケットを食べないのだろう、なぜコニャックを飲まないのだろう、と気を配っている。リャボビッチは見れば見るほど、聞けば聞くほど、うわべだけとは言え、みごとに訓練されたこの家族が気に入った。

お茶の後、将校たちは大広間へ案内された。ロブイトコ中尉《ちゅうい》の第六感は間違《まちが》っていなかった。広間は若《わか》い奥様《おくさま》、お嬢さままでいっぱいだった。猟犬《りょうけん》ロブイトコ中尉はすかさず黒いドレスの若いブロンドに近寄《ちかよ》り、サーベルを杖代《つえが》わりにして立っているような気取ったポーズをとって、笑ったり、肩《かた》をゆすったり、何とか取り入ろうとし始めた。たぶん、つまらないジョークでも飛ばしたのだろう。ブロンドは、憐《あわ》れむように彼のぽっちゃり顔を見て、冷たく反応《はんのう》した。「ほんとうなの？」

この熱のない「ほんとうなの？」を返されれば、賢《かしこ》い猟犬なら、獲物《えもの》に逃《に》げられたと判断《はんだん》するだろう。「かかれ！」のかけ声は、もはや、かかりっこない。

ピアノの演奏《えんそう》が突然《とつぜん》始まった。悲《かな》しいワルツが広間から開け放された窓《まど》の外へ流れ出る。広間にいた人々はみな、いまが春、五月の夜、と思い出した。空気がポプラの青葉、バラ、ライラックの香《かお》りで満ちていた。音楽の影響《えいきょう》で、飲んだコニャックが効《き》いてきたリャボビッチは、窓に寄《よ》りかかり、表情《ひょうじょう》を緩《ゆる》め、女性《じょせい》たちの動きを観察し始めた。バラ、ポプラ、ライラックの香りが庭からではなく、女性の顔やドレスから立ち上っているように感じる。

フォン・ラーベクの息子が、ガリガリに痩《や》せた娘《むすめ》を誘《さそ》ってクルクルとステップを踏《ふ》む。ロブイトコがツルツルの床《ゆか》を滑走《かっそう》して、ライラックの令嬢《れいじょう》に滑《すべ》りより、広間の中央へ連れ出した。ダンスが始まった……。

リャボビッチは、踊《おど》らない人たちに混《ま》じって入り口近くに立ち、ただ眺《なが》めていた。彼《かれ》は、生まれてからいままで一度も踊ったことがなかったし、大人の女性の腰《こし》を抱《だ》いたことも一度もなかった。彼は、男性《だんせい》が公衆《こうしゅう》の面前で見知らぬ女性の腰を抱き、女性の手の置き場として肩《かた》を差し出す——ダンスが気に入っていたが、その男性の立場にいる自分を想像《そうぞう》することがどうしてもできなかった。かつては、同僚《どうりょう》たちの恥《はじ》を恐《おそ》れぬ身の軽さがうらやましくてしかたがなかった。自分が華《はな》のない猫背《ねこぜ》の、臆病者《おくびょうもの》で短足でひげもじゃ、という自覚が彼をひどく卑屈《ひくつ》にしていた。しかし、時が経《た》つにつれ、この自虐《じぎゃく》にも慣《な》れ、このごろは、踊る人、大声で話す人を見ると、嫉妬《しっと》するというより、よくやるものだ、と陰気《いんき》に感心するばかりになった。

群舞《ぐんぶ》が始まると、フォン・ラーベク・ジュニアが踊らない者たちに近寄《ちかよ》り、二名の将校《しょうこう》をビリヤードに誘《さそ》った。将校たちは同意し、ジュニアと広間の出口へ向かった。時間を持て余《あま》していたリャボビッチは、せめて何らかの集団《しゅうだん》行動に加わらねば、という気持ちが働き、ノロノロと三人を追った。彼らは広間を出て、応接間《おうせつま》を抜《ぬ》け、ガラス張《ば》りの狭《せま》い廊下《ろうか》を通って一室に入った。部屋のなかで眠《ねむ》そうにしていた三名の召使姿《めしつかいすがた》の男たちが、フォン・ラーベク・ジュニアと将校たちの出現《しゅつげん》にびっくりして飛び上がった。さらにいくつも部屋を抜け、ようやく彼らはビリヤード台が置かれた小部屋に入った。ゲーム開始。

ゲームと名のつくものは、トランプ以外まったくやらないリャボビッチは、台の近くで眺《なが》めるだけ。プレーヤーたちは、フロックコートの前をはだけ、キューを手に歩き回り、ダジャレを飛ばし合ったり、意味不明の試合用語を叫《さけ》んだり。彼《かれ》らはリャボビッチに気づかず、たまに肘《ひじ》がぶつかったり、思わずキューで小突《こづ》いてしまったり、そんなときだけ振《ふ》り向いて、「パードン！」と言う。最初の試合の勝負がつかないうちに、もう退屈《たいくつ》してしまったリャボビッチは、どうやらここでは余計者《よけいもの》、邪魔者《じゃまもの》のようだから、大広間へ戻《もど》ったほうがよいのかな……と感じ、ビリヤード室を出た。

戻《もど》り道で彼は小さな冒険《ぼうけん》を体験する。途中《とちゅう》で道を間違《まちが》えた、と気づく。三人の眠《ねむ》そうな召使《めしつかい》のことをよく覚えていた。どこかで会わなければおかしい。ところが、五部屋も六部屋も通り抜《ぬ》けたのに、召使たちの姿《すがた》は、地にもぐったかのように消失していた。

間違いに気づいた彼は、少し引き返し右に曲がった。気がつくと、ビリヤード室へ行くときには見なかった会議室のような薄暗《うすぐら》い大部屋にいた。三十秒ほどたたずみ、最初に目に入ったドアを恐《おそ》るおそる開けて、真っ暗な部屋に入った。前方にドアの鍵穴《かぎあな》があり、明るい光がひとすじ差しこんでいる。ドアの向こうから、悲しいマズルカの曲がかすかに聞こえてくる。この部屋の窓《まど》も大広間と同じく開け放たれているらしい。ポプラ、ライラック、バラの香《かお》りがする……。

リャボビッチは、困惑《こんわく》し、しばしたたずんだ……そのとき、思いもせぬことが。急ぐ足音、布《ぬの》の擦《こす》れる音につづいて、息を切らした女性《じょせい》のささやきが聞こえた。

「待ったのよ……」

間違いなく女性の、よい香りのする柔《やわ》らかい両手が彼《かれ》の首に巻《ま》きつき、彼の頬《ほお》に別の温《あたた》かい頬が押《お》しつけられたかと思うと、時を置かずに、チュッとキスの音。ところが、キスをしたほうが小さく悲鳴《ひめい》を上げ、あわてて彼から離《はな》れて行った。まるで汚《よご》れたものに触《ふ》れてしまったかのように身を引いた、とリャボビッチは感じた。彼のほうも危《あや》うく悲鳴を上げるところだったが、それをこらえ、急いで明るい鍵穴に向かった。

大広間に戻《もど》ったが、彼の心臓《しんぞう》はドキドキ、手はブルブル……。震《ふる》えはおさまらず、コソコソと両手を背後《はいご》に隠《かく》さねばならないほど。つい先ほど女性《じょせい》に抱《だ》きつかれキスされたことを、この場の全員が知っているのではと思い、恥《は》ずかしさと恐《おそ》ろしさから彼《かれ》は身を縮《ちぢ》め、キョロキョロと四方を見回した。やがて、大広間ではあいかわらずダンスとおしゃべりがつづいていて、何も変わっていないと確信《かくしん》できると、ほっとひと安心、新しい感覚に身をゆだねた。それは生まれてこの方一度も味わったことのない感覚だった。不思議なことが彼の身に起こっていた……よい匂《にお》いのする温《あたた》かい手が巻《ま》きついたばかりの首はオイルを塗《ぬ》られたような感触《かんしょく》、左頬《ひだりほお》の口ひげの横あたり、知らない女性にキスされた場所は、ミントを吹《ふ》きかけられたようなひやりとした冷たい感触で、かすかに震えている。その場所をこすればこするほど、冷たい感触は強まる。頭の先からかかとまで彼の全身を包《つつ》みこんだ不思議な新感覚はどんどん膨《ふく》らんでいく……。

踊《おど》りたい、誰《だれ》かと話したい、庭へ駆《か》け出したい、大声で笑いたい……。彼はすっかり忘《わす》れてしまった、自分が貧相《ひんそう》で華《はな》のないこと、もみあげがヤマネコのひげのようなことを。そして、「なんのとりえもない男」と呼《よ》ばれていることも忘れた（彼はあるとき女性同士の会話で自分がそう呼ばれているのを聞いてしまった）。

そのとき、フォン・ラーベク夫人が彼のそばを通りかかった。彼はニコニコと明るく笑いかけた。夫人は足を止め、もの問いたげに彼のほうを見た。

「このお屋敷《やしき》、気に入りました、素晴《すば》らしいですね！」と、彼は眼鏡《めがね》を直しながら言った。

将軍《しょうぐん》夫人は微笑《ほほえ》み、屋敷が自分の父親の所有だったことを告げ、逆《ぎゃく》に聞き返した。ご両親は健在《けんざい》ですか、軍歴は長いのですか、痩《や》せすぎではありませんか……。

彼女は問いに対する答えを聞き、彼から離《はな》れ、先へ歩を進めた。夫人に声をかけてもらい、彼の笑顔はますます明るくなった。彼は思った、自分はいま、華麗《かれい》なる人々に囲まれている……。

本格的《ほんかくてき》なディナーが始まった。リャボビッチは、出されるものを機械的に食べたり飲んだりしながら、周りの音は遮断《しゃだん》して、ひたすら考えた。ついいましがたのあの冒険《ぼうけん》は何だったのだろう……。事件は秘《ひ》めごと、色事の類《たぐい》だが、謎解《なぞと》きは難《むずか》しかった。たぶん令嬢《れいじょう》か、あるいは夫のいる御婦人《ごふじん》が、彼氏《かれし》とあの部屋で密会《みっかい》する約束をしていたのだろう。長く待たされ、イライラが募《つの》り、リャボビッチを自分の彼氏と間違《まちが》えてしまったのだろう。あのとき、暗い部屋に迷《まよ》いこんだリャボビッチは、戸惑《とまど》ってしばらくたたずんだ。つまり、待つ男に見えなくもなかった……以上が頰《ほお》に感じたキスに関してのリャボビッチの推理《すいり》……。

(さて、彼女《かのじょ》の正体は?)彼は周りの女性《じょせい》の顔を見回した。(若《わか》い女性に違いない。年配の女性は密会の約束などしない。しかも教養のある女性だろう、衣擦《きぬず》れの音、香《かお》り、声がそう感じさせる……)

彼はライラックの令嬢に目を止め、あらためて素敵《すてき》な人だなあ、と思った。美しい二の腕《うで》、才気《さいき》あふれる顔、美声。見れば見るほど、あの正体不明の女性が誰《だれ》あろう彼女であってほしいと強く願った……。が、しかし、彼女はいまも高い鼻にしわを寄《よ》せ、愛想笑いを浮《う》かべている。あの女性はこんなに世慣《よな》れていなかった……。彼は、黒いドレスのブロンドに視線《しせん》を移《うつ》した。この娘《むすめ》なら若《わか》いし、清純《せいじゅん》だ。髪《かみ》の生え際《ぎわ》が初うい しい。グラスの傾《かたむ》け方がかわいい。リャボビッチは、今度はこの娘が謎の女性であってほしいと思った。しかし、まもなく、彼女の鼻が低いことに気づき、次の娘に目を移した。

(難問《なんもん》だなあ)――彼は空想を始めた。(ライラック嬢から肩《かた》と腕だけいただいて、ブロンドの生え際をつけてみよう。目はロブイトコの左に座《すわ》っているあの娘がいい……)

頭のなかで足し算をした。すると、彼に口づけした娘の姿《すがた》ができ上がったが、食卓《しょくたく》を見回しても彼が望むその姿は見つからなかった。

ディナーが終了《しゅうりょう》し、したたかに飲み食いした客たちは、感謝《かんしゃ》と別れのあいさつを始めた。屋敷《やしき》の主人は、引き留《と》めて泊《と》められないことをあらためて謝《あやま》った。

「諸君《しょくん》、本当によく来てくれた！」このときの将軍《しょうぐん》の言葉には誠意《せいい》がこもっていた（たぶん、人は客を見送るときのほうが、迎《むか》えるときよりもはるかに好意的、良心的になるからだろう）。「わたしも楽しかった。どうか気をつけて帰ってくれたまえ！　堅苦《かたくる》しいあいさつは結構《けっこう》！　どちらの道で？　上の道？　いや、庭を抜《ぬ》けて行きなさい、下の道のほうが近い」

将校《しょうこう》たちは庭園へ出た。いましがたまで明るい光と喧騒《けんそう》のなかにいたので、庭園は余計《よけい》に暗く静かに感じられた。彼《かれ》らは門まで無言で歩いた。みなほろ酔《よ》い加減《かげん》、上機嫌《じょうきげん》、満足しきっていたが、暗闇《くらやみ》と静寂《せいじゃく》が、しばらく彼らを感傷《かんしょう》に浸《ひた》らせた。リャボビッチも含《ふく》め、たぶん全員が同じことを考えていた。いつか自分にもこんなときが訪《おとず》れるだろうか、フォン・ラーベクのように大きな屋敷《やしき》、家族、庭園を所有し、儀礼的《ぎれいてき》かもしれないが、客をもてなし、満足するまで飲み食いさせる……それが可《か》能《のう》になるときが……。

門から外へ出るや、彼らはすぐにしゃべりだし、わけもなく大声で笑った。小道を下ると川岸に至《いた》る。そこから先は水際《みずぎわ》ギリギリを、波にえぐられた箇所《かしょ》、灌木《かんぼく》、川面《かわも》に垂《た》れる柳《やなぎ》の枝《えだ》などを避《さ》けるようにくねくねと道がつづく。暗くて道も岸もよく見えない。対岸はすっかり闇のなか。暗い水面にポツンポツンと夜空の星が映《うつ》り、その明かりが揺《ゆ》れて滲《にじ》むので、川の流れの速いことがわかる。静寂。向こう岸でシギが眠《ねむ》そうに鳴く。こちら岸の繁《しげ》みのなかで、将校の一団《いちだん》に何の注意も払《はら》わずウグイスが甲高《かんだか》く鳴き始めた。将校たちが繁みに近寄《ちかよ》り、揺すってみても、ウグイスは歌いつづけた。

「なんてやつだ!」賞賛《しょうさん》の叫《さけ》びが上がった。「俺《おれ》たちがここにいるのに、まったく無視《むし》! たまげたものだ!」

帰路も終わりに近づくと、小道は上り坂になって、教会の柵《さく》の横で街道につながっていた。最後の上りで息を切らした将校たちは、腰《こし》を下ろし、煙草《たばこ》に火をつけた。川の対岸にぼんやりと赤い火が見えた。彼らは退屈《たいくつ》しのぎに言い合った、焚火《たきび》だ、窓明《まど》かりだ、いや、そのどちらでもない……。リャボビッチもその火を見た。そして、火がニヤッと笑ってウインクしているように思えた。あのキスを知っているぞ……。

宿舎《しゅくしゃ》に入ると、リャボビッチはさっさと服を脱《ぬ》ぎ、横になった。将校《しょうこう》用のこの小屋で、彼《かれ》と一緒《いっしょ》になったのは、ロブイトコと、同じく中尉《ちゅうい》のメルズリャコフだった。この中尉は寡黙《かもく》で小柄《こがら》、仲間内では学のある士官とみなされていて、常《つね》に持ち歩いている『月刊欧州《げっかんおうしゅう》』を、暇《ひま》を見つけては読んでいた。ロブイトコも服は脱いだが、まだ満足しきれていないようすで、小屋のなかを行ったり来たり歩き回っていたが、ついに当番兵にビールを見つけてくるように命じた。メルズリャコフは横になり、枕元《まくらもと》にロウソクをつけ、『月刊欧州』を熱心に読み始めた。

（あの女は誰《だれ》だったのだろう？）――煤《すす》で黒ずんだ天井《てんじょう》を見上げて、リャボビッチは考えた。首すじにはオイルを塗《ぬ》られたような感触《かんしょく》が残っている。口の端《はし》にはミントを吹《ふ》きかけられたようなヒヤッとする冷たさ。彼《かれ》の頭のなかで次から次へ浮《う》かんでは消えていくのは、ライラックの令嬢《れいじょう》の二の腕《うで》、黒いドレスのブロンド嬢の生え際《ぎわ》と純真《じゅんしん》なまなざし、今夜の女性《じょせい》たちの腰《こし》つき、衣装《いしょう》、宝飾品《ほうしょくひん》……目に浮かぶもの一つひとつに意識《いしき》を集中させようとするが、幻影《げんえい》は宙《ちゅう》を泳ぎ、ぼやけ、明滅《めいめつ》する。目を閉《と》じると見える真っ黒な背景《はいけい》のなかに幻影が消えていくので、彼は次に聴覚《ちょうかく》を使ってみた。急ぎ足の音、ドレスの衣擦《きぬず》れの音、キスのチュッ――すると、原因不明《げんいんふ》の強烈《きょうれつ》な歓喜《かんき》が彼を包《つつ》む……。その喜びに身をゆだねていると、現実《げんじつ》の音。帰ってきた当番兵がビールはなかったと報告《ほうこく》する声が聞こえた。ロブイトコは恐《おそ》ろしく憤慨《ふんがい》し、また足音高く歩き回りだした。

「お使いもできないのか、こども以下か？」リャボビッチやメルズリャコフの前で足を止め、彼は立ち去った兵士を罵《ののし》った。「ビールの一本も見つけられないなんて、ばかか、間抜《まぬ》けか！　ないと言われて、手ぶらで戻《もど》るか？　アホか？」

「こんな村でビールは無理だろう」と、『月刊欧州』から目をそらさずにメルズリャコフがつぶやいた。

「無理？　本当にそう思うか？」ロブイトコはあきらめない。「たとえ運命のいたずらで月に放り出されたって、俺《おれ》ならすぐにビールぐらい見つけてやるさ。お望みならば女も！　よし、いまから行って見つけてくる……手ぶらで帰ったら、大嘘《おおうそ》つきとでも、何とでも呼《よ》んでくれ！」

彼《かれ》はぐずぐずと服を着て、大きなブーツを引っぱり上げ、無言のまま一服して、ようやく立ち上がった。

「フォン・ラーベク、グラーベク、ローベクさま、さま」戸口で立ち止まって、ブツクサ言う。「ひとりで行くのか、何か気がのらないなあ。リャボビッチ大尉《たいい》、ちょっとブラブラしませんか？　どうですか？」

ロブイトコは、返事を待たずに引き返し、ゆっくり服を脱《ぬ》いで横になった。メルズリャコフはため息をつき、『月刊欧州《げっかんおうしゅう》』をわきへ突《つ》っこみ、ロウソクを消した。

「ハーッ、フーッ……」ロブイトコは闇《やみ》のなかで煙草《たばこ》を吸《す》いながら、意味のない声を発しつづけた。

リャボビッチは、頭まで毛布《もうふ》にくるまり、体を丸くし、目の裏《うら》をよぎる幻影《げんえい》を集めてひとつの像《ぞう》にまとめようと努めた。しかし、うまくいかない。まもなく彼《かれ》は眠《ねむ》ったが、眠りに落ちる直前に、こう思った。今日は誰《だれ》かに優《やさ》しくされた、誰かが喜びをあたえてくれた、人に言ったら笑われるような出来事、しかし人生で最高の喜ばしい出来事があった……。この思いは、眠ってからも彼の頭を離《はな》れなかった。

目を覚ますと、首筋《くびすじ》のオイル、口の横のクールミント、どちらの感触《かんしょく》も消えてしまっていた。しかし、喜びは昨夜のまま心をときめかせていた。彼は上機嫌《じょうきげん》で朝日に輝《かがや》く窓《まど》を見て、小屋の外の動きに耳をそばだてた。

窓のすぐ外で、誰かが大声で話していた。リャボビッチの中隊の司令官、レベデツキイ隊長が、ようやく旅団《りょだん》に追いつき、部下の軍曹《ぐんそう》と話し合っていたのだが、その声の大きいこと、中隊長には静かに話す習慣《しゅうかん》がないのだ。

「ほかに聞いておくべきことは！」

「はい、中隊長殿《どの》。昨日の蹄鉄交換《ていてつこうかん》の際《さい》、中隊の大切な馬でありますゴルビのやつが、蹄《ひづめ》を痛《いた》めまして、衛生兵《えいせいへい》に酢《す》と泥《どろ》を塗《ぬ》りこんでもらった、であります。したがって本日は列から外して手綱《たづな》で引いて行くことになる、であります。中隊長殿、同じく昨日、もとへ、昨夜のことでありますが、技術兵《ぎじゅつへい》のアルチョミエフが飲み過《す》ぎた、であります。中尉殿《ちゅういどの》の命令で、予備《よび》の砲架《ほうか》の前部に座《すわ》らせることにしました」

軍曹《ぐんそう》の報告《ほうこく》はさらにつづいた。カルポフという名の兵士がラッパにつける新しい紐《ひも》とテントの杭《くい》をどこかに置き忘《わす》れたこと、昨夜、将校《しょうこう》たちがフォン・ラーベク将《しょう》軍閣下《ぐんかっか》のお招《まね》きにあずかったこと。

報告がつづいているうちに、レベデッキイ中隊長の赤ひげの顔が窓《まど》のなかに入ってきた。中隊長は近眼《きんがん》の目を細め、まだ眠《ねむ》そうな将校たちを見てあいさつをした。

「変わりないか？」

「牽引役《けんいんやく》の鞍馬《あんば》が一頭、肩《かた》に傷《きず》を負いました」あくびをしながら、ロブイトコが答えた。「新しい首輪のせいです」

中隊長はフーッと息を吐《は》き、しばらく考え、大声で言った、

「わたしはこれからアレクサンドラという名のご婦人《ふじん》を訪《たず》ねることにする。ようすを見てやらないといけないので。では、行くぞ。夕方には追いつくからな」

十五分後に旅団《りょだん》は出発した。将軍家の物置の横を隊列が通りかかると、リャボビッチは、右奥《みぎおく》の屋敷《やしき》に目をやった。窓《まど》にブラインドが下りている。まだみな寝《ね》ているのだろう。昨夜リャボビッチにキスをしたあの娘《むすめ》も寝ている。彼《かれ》はその寝姿《ねすがた》を思い描《えが》いてみた。開け放たれた寝室《しんしつ》の窓、窓の外には緑の木々、朝の新鮮《しんせん》な空気、ポプラ、ライラック、バラの香《かお》り、ベッド、椅子《いす》には昨夜さらさらと衣擦《きぬず》れの音をたてたドレスがかけられている、さらに靴《くつ》、卓上《たくじょう》の時計――すべてはっきりくっきり描ける。しかし、肝心要《かんじんかなめ》の、かわいらしい微笑《ほほえ》みを浮《う》かべた寝顔だけが画像《がぞう》から滑《すべ》り落ちてしまう。水銀が指の間からこぼれ落ちるように。

半キロほど進んでから、ふり返ってみた。黄色い教会、お屋敷、川、庭園、すべて朝の光に包《つつ》まれている。新緑の岸に挟《はさ》まれた川は青空を映《うつ》し、陽の光がところどころでキラキラ銀色に映《は》え、とても美しい。リャボビッチは、最後にもう一度メステチキ村全体を見た。懐《なつ》かしき故郷《こきょう》に別れを告げているような悲しみに襲《おそ》われた。

前方に向き直ると、目の前に広がるのは、あまりにも見慣《みな》れた面白くも何ともない光景……左右につづくまだ青いライムギとソバの畑。まっすぐ進行方向を見ると、土ぼこりと、兵士と馬の後頭部、ふり返ると、同じく土ぼこりと、顔、顔、顔……。列のいちばん前を行進するのは剣《けん》を腰《こし》に差した四人の兵士――彼《かれ》らは前衛《ぜんえい》と呼《よ》ばれる。つづいて徒歩で進む軍歌隊、つづくは馬に乗ったラッパ隊。前衛の四人と軍歌隊、ラッパ隊は、葬式《そうしき》の行列の松明《たいまつ》を掲《かか》げる先導者《せんどうしゃ》たちのように、しばしば決められた間隔《かんかく》のことを忘《わす》れて、はるか先へ進み過《す》ぎてしまう……。

リャボビッチは、第五中隊の第一砲《ほう》を任《まか》されていた。したがって、前を行く四個《こ》中隊全体が見通せた。軍隊のことを知らない人にとって、移動《いどう》する砲兵旅団《ほうへいりょだん》という、この物ものしい長蛇《ちょうだ》の列は、正体不明の材料がゴチャゴチャに混《ま》ざった煮物《にもの》のように見えるだろう。一門の大砲《たいほう》の周りに、なぜこんなに兵隊がいるのか、一門の大砲を、なぜこれほどの頭数の、革紐《かわひも》でがんじがらめに縛《しば》られた馬が引いているのか、大砲は本当にそんなに怖《こわ》くて重いものなのか……。

しかし、軍人のリャボビッチは、すべてを知り尽《つ》くしている。だから、面白いなどとは全く思わない。行列の先頭からしんがりまで、知らないことは何もない。各中隊の先頭に馬にまたがった将校《しょうこう》一名、そのとなりに同じく馬に乗った頑健《がんけん》な下士官、この下士官は先導役と呼ばれる。その背後《はいご》に騎乗兵《きじょうへい》がいる。前を行く馬の一団《いちだん》を御《ぎょ》するものと、後続の馬を御するもの。人が乗っている左側の馬を鞍馬《あんば》と呼び、右側の空馬を手綱馬《たづなうま》と呼ぶ。リャボビッチは、こうした編成《へんせい》も軍隊用語もずっと前から知っている――だから、何の興味《きょうみ》もわかない。

騎馬一頭に牽引役《けんいんやく》の軸馬《じくうま》二頭が従《したが》う。今日はその一頭に兵士が一名乗っている。軍服の背中《せなか》に昨日の土ぼこりをべったりとつけたまま。兵士の右足に誰《だれ》もが思わず笑ってしまうほど不格好《ぶかっこう》な板切れが括《くく》りつけられている。リャボビッチは、その板切れの役目をよく知っている。だから、おかしくない。馬上の兵士たちはひとり残らず機械的に鞭《むち》を振《ふ》り、ときおり馬にかけ声をかける。

こうして引かれていく大砲は、それほど美しくない。前の台に飼料用《しりょうよう》の燕麦《えんばく》の袋《ふくろ》が詰《つ》まれ、シートがかけられている。砲塔《ほうとう》のいたるところに、湯呑《ゆの》みや兵士のカバンや背《はい》のうがぶら下げられていて、まるで小動物のように見える。人に害をあたえそうもない、そんな動物を何のためにこれほど多くの人や馬が取り囲んでいるのか、誰《だれ》も理解《りかい》できないだろう……。

大砲《たいほう》の横、風下側を六名の兵士が手を大きく振《ふ》って行進している。彼《かれ》らが砲士だ。ここまでで大砲一門分。つづいて、新たな先導役《せんどうやく》、騎乗兵《きじょうへい》、軸馬《じくうま》が進み、二門目の大砲が引かれていく。これも一門目と同様で、ゴミの山のなか、武器《ぶき》らしい威圧感《いあつかん》などまったくない。二門目につづいて三門目、四門目。四門目の横に将校《しょうこう》一名……。こうして、砲兵旅団《りょだん》は六個《こ》中隊からなり、一個中隊に大砲が四門。隊列の長さは半キロにも及《およ》ぶ。しんがりを務《つと》めるのは荷馬車で、その脇《わき》を、長い首を前に垂《た》らしてトボトボとロバが歩く。かわいい顔をしたマガールという名の、中隊長のひとりがトルコから連れてきたロバだ。

リャボビッチは、淡々《たんたん》と前方、後方、人馬の頭と顔を見ていた。ふだんだったら居眠《いねむ》りをしたかもしれない。しかし、この日は人生で初めての心地よい思いに全身浸《ひた》りきっていた。最初、旅団が移動《いどう》を開始したとき、自分に言い聞かせた。接吻《せっぷん》のエピソードは、ちょっとした秘密《ひみつ》の冒険《ぼうけん》として面白いだけで、実際《じっさい》はたいしたことじゃない、少しでも真剣《しんけん》に考えるなんて愚《おろ》かなことだ、と。しかし、すぐにそんな道理は脇《わき》に押《お》しやり、妄想《もうそう》に身をゆだねた。

フォン・ラーベク邸《てい》の客間にいる自分を想像《そうぞう》する。となりに娘《むすめ》が座《すわ》っている、ライラックの令嬢《れいじょう》にも似《に》ているし、黒いドレスのブロンドにも似ている。あるいは、目を閉《と》じて別の女性《じょせい》といる自分の幻影《げんえい》を見る。まったく知らない女性で、顔の輪郭《りんかく》がぼやけている。妄想はつづく。彼はその女性に話しかけ、手を握《にぎ》り、肩《かた》にもたれかかる。やがて、戦争が始まり、別れ、そして再会《さいかい》。妻《つま》と夕食、こどもたち……。

「車軸《しゃじく》を押さえろ！」下り坂で馬車の速度を落とすために必ずかかる号令。リャボビッチも「車軸を押さえろ！」と、叫《さけ》んだが、この大声が妄想を中断《ちゅうだん》させ、自分を現実《げんじつ》に呼《よ》び戻《もど》してしまうのでは、と恐《おそ》れた。

隊列が、とある領主《りょうしゅ》の屋敷《やしき》の近くを通りかかった。リャボビッチは、柵越《さくご》しに庭園に目をやった。定規《じょうぎ》で引いたように真っすぐで長い並木道《なみきみち》が見えた。黄色い砂《すな》が撒《ま》かれていて、両側に白樺《しらかば》の若木《わかぎ》が植えられている……。

あれこれ妄想《もうそう》を膨《ふく》らませることに慣《な》れてきたリャボビッチは、しめたとばかり、黄色い砂を踏《ふ》んで進む女性《じょせい》のかわいい足を想像《そうぞう》した。すると不意に、彼《かれ》にキスした娘《むすめ》、昨夜のディナーの席で彼が作り上げた娘、その姿《すがた》が彼の頭のなかにくっきりと描《えが》き出された。娘の肖像《しょうぞう》は彼の脳《のう》に刻《きざ》みこまれ、けして彼から離《はな》れなくなった。

正午ごろ、後方の荷馬車の近くで声が上がった。

「士官全員、気をつけ！　左向け、左！」

白馬二頭立ての馬車で旅団《りょだん》司令官の将軍《しょうぐん》が後方から走り抜《ぬ》けた。将軍は、第二中隊の横で馬車を止め、叫《さけ》び始めたが、何を言っているのかさっぱりわからない。数人の将校《しょうこう》が馬を駆《か》って将軍に近寄《ちかよ》った。リャボビッチもそれに加わった。

「諸君《しょくん》、元気か？　何かあるか？」赤い目をパチパチさせて、将軍が問う。「病人は出ていないか？」

背《せ》が低くガリガリに痩《や》せている将軍は、返事を聞くと、口をモグモグさせ、少し間《ま》をおいてからひとりの将校に声をかけた。

「君の中隊の三門目では、軸馬の騎乗兵《きじょうへい》が膝当《ひざあ》てを外して、砲架《ほうか》の前に干《ほ》している。軍規《ぐんき》に違反《いはん》しておる。罰金《ばっきん》を取れ!」

将軍は、次にリャボビッチを見上げて、注意をつづけた。

「君の隊は、革紐《かわひも》が伸《の》びすぎだ……」

あといくつか、どうでもよい指摘《してき》をしてから、将軍はロブイトコ中尉《ちゅうい》を見つけてニヤリと笑った。

「ロブイトコ中尉、今日はぜんぜん元気がないな、マダム・ロプホワが恋《こい》しいのかな? 諸君、中尉はマダム・ロプホワを恋しがっているぞ!」

ロプホワというのは、背が高く太った女で、かなり前に四十を超《こ》えている。将軍は齢《とし》に関係なく、とにかく大女が好き、という変わった嗜好《しこう》を持っていて、同じ嗜好の将校がいないか、いつも気にしていた。将校たちは追従《ついじゅう》の笑いを浮《う》かべた。将軍は、毒《どく》のある気の利《き》いた言葉を吐《は》けたことに満足して、ハッハッハッと大笑いし、御者《ぎょしゃ》の背中に軽く触《ふ》れると、将校たちに片手《かたて》で小さく敬礼《けいれい》。馬車は先へ駆《か》け出した。

（わたしがいま望んでいること、いまは不可能《ふかのう》で非現実的《ひげんじつてき》だと思っていること、実はそのすべてが、ごく平凡《へいぼん》なことなのだ）と、リャボビッチは、将軍《しょうぐん》の馬車の後ろに舞《ま》い上がる土煙《つちけむり》を見ながら考えた。（すべてが平凡、誰《だれ》もが経験《けいけん》すること……。たとえば、あの将軍だって、かつては恋《こい》をして、いまでは妻《つま》がいて、こどもがいる。バフチョール大尉《たいい》だって、首筋《くびすじ》が赤くて、腹《はら》が出ていて、みっともないのに、結婚《けっこん》して、奥《おく》さんに愛されている……。タタール人のサリマノフときたら、とぼけた男でハンサムでもないのに、大恋愛《だいれんあい》をして、ちゃんと結婚した……。わたしも遅《おそ》かれ早かれみんなと同じように、同じ道を歩むだろう……）

自分が人並《ひとな》みの人間で、人並みの人生を歩むだろうという考えが、彼《かれ》を喜ばせ、元気づけた。勇気をもらった彼は、誰《だれ》に遠慮《えんりょ》もせずに、思い通りに彼女《かのじょ》の肖像《しょうぞう》を描《えが》き、自分の幸せな未来を想像《そうぞう》した……。

夜になって、目的地に到着《とうちゃく》すると、将校《しょうこう》たちは各テントに分かれた。リャボビッチ、メルズリャコフ、ロブイトコの三人は、荷物箱を囲んで夕食を始めた。メルズリャコフは、いつも通り物静かに、ゆっくり口を動かしながら、膝《ひざ》の上に置いた『月刊欧州《げっかんおうしゅう》』を読んでいる。ロブイトコは、ひっきりなしにしゃべりまくり、コップにビールを注ぐ。リャボビッチは、一日中妄想《もうそう》にふけったせいで頭がボンヤリしている。黙《だま》ってコップを口に運びつづける。三杯《ばい》飲むと酔《よ》いが回り、緊張《きんちょう》が解《と》け、同僚《どうりょう》たちにいまの自分の気持ちを話したくてたまらなくなった。

「昨夜のフォン・ラーベク邸《てい》でのことだけど、妙《みょう》な事件《じけん》があってね……」冗談《じょうだん》っぽく聞こえるように、声に熱をこめずに話し始めた。「ビリヤード室へ行って、それから……」

キスされた話を、順を追って詳《くわ》しく話し始めたが、一分後には口を閉《と》ざした……。その一分間ですべて話し終えてしまったのだ。時間がそれで足りたことに彼自身がびっくりした。キスの物語は朝までかかるだろう、と思っていた。

話を聞き終えたロブイトコは、嘘《うそ》が得意で人の話を信用しない男だから、リャボビッチを疑《うたが》いの目で見てニンマリと笑った。メルズリャコフは、眉《まゆ》を少し動かし、『月刊欧州《げっかんおうしゅう》』から目を離《はな》さずに、穏《おだ》やかに感想を述《の》べた。

「理解《りかい》しがたいね！　確《たし》かめもせずに首にしがみつくって……ちょっと異常《いじょう》じゃないかな」

「確かに正常とは言えないけど……」と、リャボビッチは同意した。

「ぼくにも似《に》たようなことがあった……」急に何かに思い当たったような目つきで、ロブイトコが口を開いた。「去年コブノ行きの汽車に乗ったときだよ……。二等の普通車《ふつうしゃ》の切符《きっぷ》で乗ったけど……その車両が満員でギューギュー詰《づ》め、とてもじゃないが眠《ねむ》れない。車掌《しゃしょう》に五十コペイカ掴《つか》ませたら……荷物を持って、寝台車《しんだいしゃ》に案内してくれたね……。コンパートメントのベッドで毛布《もうふ》にくるまった……。部屋は真っ暗、わかるだろう。突然誰《とつぜんだれ》かに肩《かた》を触《さわ》られた。顔に誰かの息がかかる。こんな風に手を動かしたら、誰かの肘《ひじ》に触った……そこで目を開いたら、もうわかっただろう、

――女がいた。黒い目、サーモンのように赤い唇《くちびる》、鼻から熱い息、そして、胸《むね》――あふればかり……」

「ちょっと待った」と、メルズリャコフが静かにさえぎった。「胸のことは、それでよしとしても、唇の色までどうしてわかったのかな、たしか真っ暗だったたって言ったろ？」

ロブイトコは、何とか話を取りつくろおうとしたが、結局《けっきょく》メルズリャコフの頭の固さを笑うしかなかった。リャボビッチはひどく傷《きず》ついた。席から離《はな》れると横になり、打ち明け話など二度とするものか、と心に誓《ちか》った。

移動《いどう》が終わり、野営地《やえいち》での日常が始まった……。昨日と同じ今日、今日と同じ明日、流れていく日々のなかで、リャボビッチは、恋《こい》する男らしいものの感じ方、考え方、身の動かし方をつづけた。毎朝、当番兵が用意する洗顔用《せんがんよう》の冷水を頭からかぶっても、心はホカホカ、今日も何かいいことがありそうだと感じた。夜、同僚《どうりょう》たちが集まって、恋の話や女の話に花を咲《さ》かせ始めると、彼《かれ》もわざわざ近づいて、聞き耳を立てた。その際《さい》、自分も参加した戦闘《せんとう》の話を聞くときの兵士のような表情《ひょうじょう》をしていた。

若《わか》い将校《しょうこう》たちが酒に酔《よ》い、鼻の利《き》く猟犬《りょうけん》ロブイトコを先頭にして《夜の冒険《ぼうけん》》へくり出すときには、リャボビッチも好色な酔漢《すいかん》のひとりとなって参加したが、後でひどく後悔《こうかい》し、心のなかの恋人《こいびと》に罪《つみ》の意識《いしき》を感じ、許《ゆる》しを乞《こ》うのだった。暇《ひま》を持て余《あま》したときとか、なかなか眠《ねむ》れない夜とか、少年時代、父、母、懐《なつ》かしき人、物、場所などの記憶《きおく》がよみがえるのだが、彼《かれ》は同時に必ず思い出した。メステチキ村、きてれつな馬、フォン・ラーベク、ウジェニー皇后《こうごう》そっくりの夫人、暗い部屋、明るい鍵穴《かぎあな》……。

八月三十一日、リャボビッチの隊は帰路に就《つ》いた。元の陣地《じんち》に戻《もど》るのは旅団《りょだん》全体でなく、二個《こ》中隊だけだった。

途中《とちゅう》ずっと、故郷《こきょう》に向かっているかのように、彼はワクワク心を躍《おど》らせた。きてれつな馬、教会、もてなしに長《た》けたフォン・ラーベク一家、暗い部屋……。できることならもう一度見たかった。恋する者をいつも惑《まど》わす「内なる声」が、間違《まちが》いなく彼女《かのじょ》に会えるぞ、とささやいていた……。

さまざまな疑問《ぎもん》が彼の心に浮《う》かんだ。どんな形で彼女と会うのだろう？　何を話せばよいのだろう？　彼女はあのキスを覚えているだろうか？　彼は考えた。たとえ運悪く彼女に会えなくても、あの暗い部屋を歩くことさえできれば、それでいい、あの場面を思い出せれば……。

夕方、地平にあの教会、あの白い物置が現《あらわ》れた。リャボビッチの心臓《しんぞう》がドキドキ高鳴った。となりの馬の将校が何か言ったが、耳に入らなかった。すべてを忘《わす》れ、ただひたすら景色に目を凝《こ》らした。遠くで輝《かがや》く川、屋敷《やしき》の屋根、鳩《はと》小屋、その上を夕日に照らされクルクル舞《ま》い飛ぶ鳩たち……。

教会に着き、宿舎割《しゅくしゃわ》り当て担当兵《たんとうへい》の報告《ほうこく》を聞きながら、柵《さく》の向こうから使者が現れ、将校たちを屋敷へ招待《しょうたい》してくれるのを、いまかいまかと待ち望んだが……、兵の報告が終わり、将校たちが慌《あわ》ただしく村内の宿舎へ分散しても、使者は現れなかった……。

(フォン・ラーベクはそろそろ村人たちから我々《われわれ》の到着《とうちゃく》を知らされるはずだ、すぐに使者を出すはずだ)と、リャボビッチは考えた。小屋の入り口からなかをのぞいても、なぜ同僚《どうりょう》がロウソクに火をつけているのか、なぜ当番兵があわてて茶の用意をしているのか、理解《りかい》できなかった。

不安がどんどん募《つの》ってきた。彼《かれ》はいったん横になったが、すぐに身を起こし窓《まど》の外を見た。使者の姿《すがた》は見えないか? まだ見えない。もう一度横になる。三十分ほど我慢《がまん》したが、不安を抑《おさ》えきれず、立ち上がり外へ出て、教会へ向かった。外は薄《うす》暗《ぐら》く、閑散《かんさん》としている……。兵士が三名ほど、教会の脇《わき》、坂の真上に黙《だま》って立っていた。リャボビッチに気づくと、ハッと直立し敬礼《けいれい》した。彼も軽くそれに応《こた》え、脇を抜《ぬ》けて坂を下って行った。知った小道、屋敷《やしき》への近道、「下の道」を選んだ。

川の向こうに広がる空は、全体に赤紫《あかむらさき》色を帯びていた。月が昇《のぼ》ってくる。農婦《のうふ》が二人、川のこちら岸まで届《とど》く大声でしゃべりながら畑を歩き、キャベツの葉をむしっている。畑の向こうは、闇《やみ》のなかに数戸の農家……こちら岸は五月と何も変わっていない。岸辺の小道、草むら、川面《かわも》に垂《た》れる柳《やなぎ》……。ただ、人を恐《おそ》れぬウグイスの声はなく、ポプラと若草《わかくさ》の匂《にお》いもなかった。

屋敷の庭までたどり着き、門のなかを覗《のぞ》いてみた。そこは闇と静けさだけだ……。門のすぐ先、白樺《しらかば》の並木《なみき》が始まるあたりに数本の木の幹《みき》が白く見えるが、その先は黒一色で何も判別《はんべつ》できない。リャボビッチは、必死に耳を澄《す》まし、目を凝《こ》らした。しかし、十五分そのまま待っても、音ひとつ聞こえず、明かりひとつ見えない。戻《もど》るしかない……。

川に近づいてみた。ちょうどそこは将軍家《しょうぐんけ》の水浴場なのだろう、桟橋《さんばし》の手すりに白いタオルが何本も干《ほ》してあった……。彼は桟橋に上がり、たたずんだ。しばらくして、意味もなくタオルに触《ふ》れてみた。ザラザラして、冷たかった。

川に目を落とす。流れは急で、水浴場の杭《くい》に当たってピチャピチャと音を立てている。左岸近くの川面に、赤い月が映《うつ》っている。細かい波が月の映像《えいぞう》にかかり、それを引き延《の》ばし、いくつもの断片《だんぺん》に砕《くだ》く。まるで、消し去ろうとするように……。(馬鹿馬鹿《ばかばか》しい！　まったく馬鹿馬鹿しい！)水の流れを見ているうちに、リャボビッチの考えが変わった。(すべてまやかしだ！)

何も起こらない、とわかってみると、あの日のキスにかかわる出来事にも、今夜、我慢《がまん》しきれず何かを期待してさまよい、結局《けっきょく》失望したことにも、すべてに明るい光があたり、真の意味が露呈《ろてい》した。将軍《しょうぐん》の使者が現《あらわ》れなかったことも、誰《だれ》かと間違《まちが》えて、偶然《ぐうぜん》その場にいた彼《かれ》にキスした娘《むすめ》に二度と会えないことも、もはや不思議でも何でもない。いや。もしも彼女《かのじょ》に会えたとしたら、そのほうがよほど不思議だ……。

リャボビッチには、この世のすべて、人生のすべてが、意味も華《はな》もない、つまらないものに見えてきた……。水面から目を離《はな》し、空を見上げた。運命が見知らぬ娘の姿《すがた》を借りて、彼を喜ばせてくれたのだ、と思い直した。夏の間、ずっとただ妄想《もうそう》し、幻影《げんえい》を見ていたのだ、と思い直した。すると自分の人生が、くだらないもの、ありふれたもの、華も色もないものに見えてきた。

村の宿舎《しゅくしゃ》に帰り着いた。同僚《どうりょう》の将校《しょうこう》はひとりもいない。当番兵が、使者が来て招《しょう》待《たい》されたので、将校全員が出かけたと報告《ほうこく》した。「あの……、将軍の……フォンラ……フォントラなんとか閣下《かっか》のお屋敷《やしき》でありますっ」

一瞬《いっしゅん》リャボビッチの心の中に歓喜《かんき》の火が燃《も》え上がった。しかし、彼はすぐさまその火を吹《ふ》き消し、ベッドにもぐりこんだ。運命にもてあそばれてたまるものか、いまさらイソイソと出かけられるものか——将軍の屋敷へ、彼は行かなかった。

犬を連れた奥さん

Дама с собачкой

I

ここ、黒海に突《つ》き出たクリミア半島のリゾート地ヤルタでは、海岸通りに新顔が現《あらわ》れると、すぐに噂《うわさ》になる。今度の新顔は犬を連れた奥《おく》さんだった。ドミトリイ・グーロフは、ヤルタに来てすでに二週間、ここの生活にも慣《な》れ、そろそろ新顔に興《きょう》味《み》を持ち始めていた。フランス菓子店《かしてん》『ヴェルネ』の向かいの海上テラスに座《すわ》っていると、目の前の海岸通りを若《わか》い奥さんが通り過《す》ぎた。中背《ちゅうぜい》でベレー帽《ぼう》をかぶっている。後ろから白いスピッツがついて行く。

その後、グーロフは市内の庭園や広場で彼女《かのじょ》を何度か見かけた。彼女はいつもベレー帽をかぶりスピッツを連れてひとりで散歩していた。彼女が何者なのか誰《だれ》も知らないので、誰もが単に『犬を連れた奥さん』と呼《よ》んだ。

（亭主《ていしゅ》と一緒《いっしょ》に来たようでもない、知り合いもいないようだ）と、グーロフは思った。（ならば、ひとつ声をかけてみるか）

彼《かれ》はまだ四十前だったが、すでに十二歳《さい》の娘《むすめ》と、その下に小学生の息子が二人いた。大学二年のときに早すぎる結婚《けっこん》をしたので、いまでは妻《つま》がひと回り年上のように感じる。妻は背《せ》の高い眉毛《まゆげ》の黒い女性《じょせい》で、その性格《せいかく》は、直情的《ちょくじょうてき》で尊大《そんだい》で高慢《こうまん》。彼女自身は自分を知的だと言ってはばからない。確《たし》かに本をよく読み、美しいロシア語にこだわり、夫の名をドミトリイではなくディミトリイと発音した。グーロフは、口にこそ出さないが、彼女をばかで偏屈《へんくつ》で下品な女とみなし、怖《こわ》がって家に寄《よ》りつかなかった。かなり前に浮気《うわき》を始め、その癖《くせ》はいまもつづいている。そのせいか、女性をそうとう低く評価《ひょうか》している。彼のいるところで女性が話題になると、彼は女性を人類の『劣等種《れっとうしゅ》』とさえ呼ぶ。

苦い経験《けいけん》をたっぷり味わってきたからこそ、好きに呼ぶ権利《けんり》があると考えているのだが、その『劣等種《れっとうしゅ》』なしでは二日と暮《く》らせない男だった。男たちといると退屈《たいくつ》で落ち着かない。だから無口になり、冷淡《れいたん》になる。しかし、女性《じょせい》に囲まれると気が楽になる。何を話せばよいのか、どういう態度《たいど》をとればよいのか、彼《かれ》はよく知っていた。黙《だま》って彼女《かのじょ》たちの話を聞くのも得意だった。

グーロフの外見、性格《せいかく》、そして彼という存在《そんざい》そのもののなかに女性をひきつける、言うに言われぬ魅力《みりょく》があり、彼自身それを意識《いしき》していた。また、彼自身も何かの力で女性に引き寄《よ》せられていた。苦い実践体験《じっせんたいけん》から、どんな恋愛《れんあい》も初めは人生を楽しくいろどる一時の軽いアバンチュールのように思えるが、真面目な人々、とくに優《ゆう》柔不断《じゅうふだん》で腰《こし》の重いモスクワっ子にとっては、やがて必ずきわめて厄介《やっかい》な懸案《けんあん》となり、最後には持てあますほどの重荷になる、と彼は学んでいた。それなのに興味《きょうみ》をそそられる新しい女性と出会うたびに、その教訓は記憶《きおく》から消され、人生なんて簡単《かんたん》さ、楽しまなければ、という新たな欲求《よっきゅう》が生まれる。

ある日の夕方、グーロフは庭園レストランで食事をしていた。ベレー帽《ぼう》の奥《おく》さんがゆっくりと近づきとなりのテーブルに座《すわ》った。その表情《ひょうじょう》、歩き方、服装《ふくそう》、髪型《かみがた》から、彼女が上流家庭のお嬢《じょう》さんで、すでに結婚《けっこん》していること、ヤルタには初めて来たこと、そして退屈していることが読み取れた。

グーロフは、リゾートの保養客《ほようきゃく》たちの破廉恥《はれんち》な行動について流される噂《うわさ》の大半はくだらない作り話と思い、噂の作り手を、機会があれば自分も喜んで罪《つみ》を犯《おか》すくせに、そんな機会に恵《めぐ》まれない連中とみなしていた。しかし、ベレー帽の奥さんが三歩も離《はな》れていないとなりのテーブルに着くと、簡単に口説《くど》き落として山に連れ出したなどという自慢話《じまんばなし》が思い浮《う》かび、行きずりのひと夜限《かぎ》りの恋《こい》、名も素性《すじょう》も知らぬ女との恋という甘《あま》い誘惑《ゆうわく》に襲《おそ》われた。

彼はスピッツを優《やさ》しく手招《てまね》きし、近づくや指を突《つ》きつけて脅《おど》した。犬がうなった。グーロフはさらにもう一回指で脅した。奥さんは彼と視線《しせん》を合わせたが、すぐに目をそらし、「かみつきませんから」と、言って顔を赤らめた。

「骨《ほね》を上げてもよろしいですか?」

彼女《かのじょ》がうなずいた。すかさず彼《かれ》は問いかけた。

「ヤルタへ来て長いのですか？」

「五日ほどです」

「ぼくはだらだらと、ここでもう二週間目ですよ」

しばらく会話が途切《とぎ》れた。

「時が過《す》ぎるのは早いものですわ。それにしても、ここはなんて退屈《たいくつ》なのでしょう」

と、彼女は彼を見ずに言った。

「退屈って言葉は、ここでは誰《だれ》でもよく使いますよ。ベリョーヴォとかジーズラとか、海から遠く離《はな》れ、工場の煙突《えんとつ》から黒い煙《けむり》がもくもく出ているような町で、たいした退屈もしていない田舎者《いなかもの》がここへ来たとたんに、『退屈だ！　土ぼこりだ！』なんてね、カリブ海のリゾート、グレナダからでも来たような口をきき始めるのですよ」

彼女は笑った。しばらく二人は、ぐうぜん居合《いあ》わせた客同士らしく、黙《だま》って食事をつづけた。しかしレストランを出ると、並《なら》んで歩きだした。冗談交《じょうだんま》じりの軽い会話が始まった。どこに向かっているのか、何を話しているのか、そんなことには全く構《かま》わない、ふだんの生活から解放《かいほう》されたもの同士のおしゃべりだった。二人は散歩しながら、陽に照らされた海について話した。海水はとてもやわらかくて暖《あたた》かいライラック色、水面には月から金色の帯がのびていた。暑い一日の終わりの湿気《しっけ》の多さについても話した。

グーロフは、自分がモスクワっ子で、大学の文学部卒業だが、いまは銀行勤《づと》め、私立オペラ劇場《げきじょう》の歌手を目指したこともあったが、あきらめた、モスクワに建物を二棟《とう》所有している、と明かした。彼女から知りえたのは、ペテルブルグで生まれ育ち、S《エス》市の男に嫁《とつ》ぎ、もう二年そこに住んでいる、ヤルタにはあと一月ほどいる予定、たぶん夫もこちらに来るだろう、休暇《きゅうか》を取りたいと言っていたから、ということだった。彼女は自分の夫が何をしているのか、ちゃんと言えなかった――県庁《けんちょう》か県会か、どこかの役人らしいけど――言えないことを彼女自身が面白がっていた。

もうひとつグーロフが知ったのは、彼女《かのじょ》の名前、アンナだった。

ホテルの部屋に帰ったグーロフは、彼女について考えた。明日も彼女に会えるだろう、会えないはずがない。ベッドに横たわり思った。ついこの間まで彼女は大学生だった、自分の娘《むすめ》と同じように学校に通っていたのだ。彼女の笑い方も話し方も、こわばって、ぎこちなかった。きっと人生ではじめてひとりきりでいるときに、見知らぬ男に近づかれ、眺《なが》められ、話しかけられたからだろう。男には下心があるのだが、そのことに彼女が気づいていないはずはない。グーロフは、彼女の折れてしまいそうな細い首、グレーの美しい目を思い出した。(それにしても、彼女はどこか憐《あわ》れみを誘《さそ》う)と、彼《かれ》は思いながら、眠《ねむ》りについた。

II

出会いから一週間が過《す》ぎた。祝日だった。室内は蒸《む》し暑く、外では土煙《つちけむり》が舞《ま》い上がり、帽子《ぼうし》が飛ぶほどの風が吹《ふ》いていた。一日中のどが渇《かわ》き、グーロフは何度も海上テラスへ行き、アンナに甘《あま》い飲料水やアイスクリームをごちそうした。逃《のが》れようのない暑さだったが、夕方にはいくらか和《やわ》らぎ、二人は船の到着《とうちゃく》を見るために波止場へ向かった。桟橋《さんばし》には人だかりができていた。保養客《ほようきゃく》たちが誰《だれ》かを迎《むか》えに集まったのか、手に手に花束を持っている。群衆《ぐんしゅう》を見ると、リゾート地でのファッションの特徴《とくちょう》が二点はっきりわかる。高齢《こうれい》の婦人《ふじん》たちが若《わか》い娘のような服装《ふくそう》をしていることと、勲章《くんしょう》をつけた将軍《しょうぐん》の制服《せいふく》がやたら多いことだ。

海が荒《あ》れたため船の到着が遅《おく》れ、陽が沈《しず》んでしまった。船は向きを変えるのに手間取り、ようやく停泊《ていはく》した。アンナはオペラグラスを目にあてて船のほうを見ていた。まるで下船してくる乗客のなかに知り合いを探《さが》しているかのようだったが、グーロフのほうに振《ふ》り向いたとき、その目はキラキラ輝《かがや》いていた。彼女は饒舌《じょうぜつ》だったが、質問《しつもん》に脈絡《みゃくらく》がなく、彼女自身聞いたそばから何を聞いたか忘《わす》れてしまうような状態《じょうたい》だった。しかも人ごみのなかでオペラグラスをなくしてしまった。着飾《きかざ》った群《ぐん》衆《しゅう》に散っていった。人っ子ひとりいなくなり、風も完全におさまった。グーロフとアンナは、あたかも最後のひとりが下船してくるのを待つかのようにたたずんでいた。アンナは少し前から黙《だま》りこみ、グーロフを見ずに、花の香《かお》りを嗅《か》いでいた。

「暗くなって、天気が少しよくなりましたね」と、彼《かれ》が言った。「これからどこへ行きましょうか？　あるいは馬車で遠出しますか？」

彼女《かのじょ》は何も答えなかった。彼は彼女をじっと見つめていたが、突然《とつぜん》彼女を抱《だ》きしめ、その唇《くちびる》にキスをした。花の香りと葉の露《つゆ》に包《つつ》まれた。彼はすぐさまあたりを見回し、誰《だれ》にも見られなかったことを確かめた。

「あなたの部屋へ行きましょう……」彼は小声でささやいた。

二人は足早にホテルへ向かった。

彼女の部屋も蒸《む》し暑かった。ジャパン・ショップで買ったという香水《こうすい》の匂《にお》いがしていた。グーロフは、あらためて彼女を見て思った。（こんな女性《じょせい》もこの世にいたのか！）

過去《かこ》のさまざまな出会いが記憶《きおく》に残っている。思いわずらうことなく愛を素直《すなお》に受け止め、楽しみ、幸せを、ただしほんのつかの間の幸せだけど、ありがとうと感《かん》謝《しゃ》する女性もいた。また、真剣《しんけん》に取り組まず、余分《よぶん》なおしゃべりをしたり、わざとらしかったり、ヒステリーを起こしたりして、これは愛より情熱《じょうねつ》よりもっと深いものと言いたげな顔をする女性もいた――そのいい例が自分の妻《つま》だ。さらに二人か三人だが、とくによく覚えている女性もいた。すごい美人で、ふだんはつんとすましているのだが、突然肉食獣《にくしょくじゅう》のような表情《ひょうじょう》を浮《う》かべ、あたえるよりも、できるだけ多くを得ようと、貪欲《どんよく》に迫《せま》る女性。もちろん、初《うい》ういしさなど微塵《みじん》もなく、わがままで、命令的、高圧的《こうあつてき》、理性《りせい》を失った愚《おろ》かな女性。熱が冷めると、グーロフには、そういう女性の美しさがかえって醜《みにく》いものに思え、その下着のレースが魚の鱗《うろこ》のように見えた。

ところが、アンナ、すなわち「犬を連れた奥《おく》さん」は、終始ためらいと、経験不《けいけんぶ》足《そく》から来るぎこちなさ、不器用さを感じさせ、あたかも不意にドアがノックされるのを恐《おそ》れるかのように、心ここにあらずだった。しかも彼女《かのじょ》は、起こったことを極めて深刻《しんこく》に、あたかもそれが自分の人生の挫折《ざせつ》であるかのように受け止めた。——そのように見えることが、グーロフには不思議で、場違《ばちが》いに感じられた。肩《かた》を落とした彼女の姿《すがた》は、全体がしぼんだように見えた。長い髪《かみ》が顔の周りに哀《あわ》れに垂《た》れかかっていた。彼女は古典絵画の『罪深《つみぶか》き女』そのままに寂《さび》しいポーズで考えこんでいた。

「いやっ！」と、彼女が口を開いた。「これであなたは、わたしを尊敬《そんけい》しない最初の人になってしまったわ」

部屋のテーブルにスイカが置かれていた。グーロフは一切れ切り取り、ゆっくりと食べ始めた。

少なくとも三十分が過《す》ぎた。黙《だま》ったままのアンナの姿《すがた》には何か心にうったえるものがあった。彼女からは人生経験《けいけん》が少なく、世間を知らない良家の子女の清純《せいじゅん》さが醸《かも》し出されていた。テーブルの上にともった一本のロウソクだけがその顔を照らしていたが、彼女が暗い気持ちでいることは見て取れた。

「きみを尊敬しなくなったかもしれないとは、どういうことかな?」と、グーロフはたずねた。「言っている意味がわかってないのだろう」

「神よ! 救いたまえ!」と、言った彼女の目に涙《なみだ》があふれた。「悪夢《あくむ》よ」

「言い訳《わけ》に聞こえるよ」

「なんて言い訳すればいいの? わたしは最低の悪女、自分を軽蔑《けいべつ》します。言い訳なんて考えられないわ。わたしは夫を裏切《うらぎ》ったのではない、自分自身を裏切ってしまったの。それもいまではなくて、ずっと前から、だましつづけていたのよ。夫は誠実《せいじつ》な善人《ぜんにん》かもしれないけど、お屋敷《やしき》の召使同然《めしつかいどうぜん》なの! 役所で何をしているか知らないけど、でも人に使われている召使にすぎないの。わたしは二十歳《はたち》で何も知らないまま結婚《けっこん》したのよ。だから知りたくてたまらないの、もっと幸せになりたい、だって……」彼女は自分自身に話していた。「別の人生があるはず。試してみたかったの、別の人生を、ほんのひとときでも……好奇心《こうきしん》に火がついて……あなたにはわからないわ、でも神に誓《ちか》います、嘘《うそ》じゃありません、自分をおさえられなかったのよ、どうかしていたの、止めることができなかったの。体の具合が悪いから保養《ほよう》に行くと夫に言って、ここに来てしまった。そして、この街を歩き回ったわ、ばかみたいに、お酒に酔《よ》ったみたいに……その結果がこれ。わたしは本当に下品なばか女になってしまった、軽蔑《けいべつ》されて当り前よ」

グーロフはうんざりしていた。突然《とつぜん》で場違《ばちが》いな、うぶな娘《むすめ》の懺悔《ざんげ》のような告白に怒《いか》りさえ覚え始めた。もし彼女《かのじょ》の目に涙《なみだ》がなかったら、冗談《じょうだん》を言っているか、芝居《しばい》のセリフを読んでいると思ったかもしれない。

「理解《りかい》できない」と、彼《かれ》は言った。「どうしたいのさ?」

彼女は彼の胸《むね》に顔をうずめ、その体にしがみついた。

「信じて! わたしを信じて、お願いだから」と、彼女が言う。「わたしは清く正しく生きたいの。不倫《ふりん》なんて汚《けが》らわしいわ。自分でもどうしていいかわからない。人はよく『魔《ま》がさした』って言うでしょ、わたしもいま言うべきね、魔がさしたのよ」

「わかったよ、わかった」と、彼はつぶやいた。

グーロフは、何かに驚《おどろ》いたように一点だけを見つめている彼女の目を見た。そして、彼女に口づけし、静かに慰《なぐさ》めた。ようやく彼女も少し落ち着きを取り戻《もど》した。

明るさが戻り、二人は笑いあった。しばらくして、外に出てみると、海岸通りには人影《ひとかげ》がなく、糸杉《いとすぎ》の並木道《なみきみち》は死んだように静まりかえっていた。しかし、海からはまだ波が岸に打ちつける音が聞こえた。波の上を一艘《そう》の帆船《はんせん》が漂《ただよ》い、その船上で灯《とも》火《び》がひとつ瞬《またた》いていた。客待ちの辻《つじ》馬車がいたので、二人は郊外《こうがい》の皇帝《こうてい》の別荘《べっそう》の村、オレアンダまで遠乗りすることにした。

「いまホテルのロビーで、きみの苗字《みょうじ》を見つけた、ボードに書いてあった。フォン・ディーデリッツだね」と、グーロフが言った。「きみの旦那《だんな》さんはドイツ人かい？」

「いいえ、たしか祖父《そふ》がドイツ人だと聞いたけど、あの人は宗教上《しゅうきょうじょう》ロシア人、ロシア正教徒だから」

オレアンダ村の丘《おか》の上の教会近くで、二人はベンチに座《すわ》り、足下に広がる海を黙《だま》って見ていた。五キロかなたのヤルタ市は、朝霧《あさぎり》のなかにかすんで見えた。山の頂《いただき》にかかった雲は動かない。森の木の葉も騒《さわ》がない。セミが鳴いている。単調な潮騒《しおさい》が下から聞こえてくる。その低音が平穏《へいおん》と、誰《だれ》をも待ち受ける永遠《えいえん》の眠《ねむ》りを語っている。まだここにヤルタ市もオレアンダ村もなかった昔、同じように海は騒いでいたのだろう。いまも、そして、われわれがいなくなっても、同じように淡《たん》たんと低音で騒ぎつづけるだろう。

誰が死のうが生きようが、われ関せずといったこの永遠のくり返しのなかに、たぶん神による永遠の救いの保証《ほしょう》、地上における生の営《いとな》みの連続性《れんぞくせい》、完成に向かう歩みの連続性の保証があるのだろう。となりには朝日を浴びて一段《いちだん》と美しく見える、若《わか》い女性《じょせい》が座っている。海、山、雲、大空からなるおとぎ話のような背景《はいけい》が、心を落ち着かせ魅了《みりょう》する。この舞台《ぶたい》でグーロフは考えた。よくよく考えればこの世は正しくて美しいものばかりだ。ただし、人はときどき存在《そんざい》の至高《しこう》の目的と人間の尊厳《そんげん》を忘《わす》れてしまうことがある。そのとき人は悪いこと醜《みにく》いことを考え、罪《つみ》を犯《おか》す。

人影《ひとかげ》が近づいた。教会の番人に違《ちが》いない。二人を見て、すぐ去っていった。こんなディテールですら、どこか神秘的《しんぴてき》で美しかった。半島巡《めぐ》りの帆船《はんせん》が姿《すがた》を現《あらわ》した。たぶんとなりのリゾート地フェオドシアからの船だろう。朝日が昇《のぼ》ったので船の灯火《ともしび》はもう消されている。

「草に露《つゆ》が」黙っていたアンナが口を開いた。

「そうだな。そろそろ帰ろうか」

二人はヤルタに戻《もど》った。

その日から毎日、正午に二人は海岸通りで待ち合わせ、一緒《いっしょ》にお茶を飲み、食事をし、散歩し、美しい海を眺《なが》めた。彼女《かのじょ》はよく眠れないとか、心配で動悸《どうき》がするとか、愚痴《ぐち》を聞いてもらいたがり、同じ質問《しつもん》を何度もくり返したり、やきもちを焼いたり、大切にしてくれないとすねたり。彼《かれ》のほうは、街の公園や庭園で、周りに人のいないことを確認《かくにん》するや、突然《とつぜん》彼女《かのじょ》を引き寄《よ》せ情熱的《じょうねつてき》に口づけをした。こうした新婚《しんこん》気分、人目を忍《しの》んでの白昼のキス、そして暑さ、潮《しお》の香《かお》り、列をなして通り過《す》ぎる保養客《ほようきゃく》たち——彼《かれ》らはこの地で、流行のファッションと美食に身をやつしている——この環境《かんきょう》がグーロフを生まれ変わらせた。彼はアンナに、きれいだよ、魅力《みりょく》的《てき》だよ、と声に出して言い、情熱を抑《おさ》えきれず、彼女から一歩も離《はな》れない。彼女のほうはしばしば考えこみ、大切にしてくれないのね、愛していないのね、手近の軽い女だと思っているのね、と彼に答えを求めつづけるのだった。

ほとんど毎晩《まいばん》、かなり遅《おそ》い時間に、オレアンダ村とか、有名な滝《たき》とか、郊外《こうがい》の名所へ出かけた。小旅行はいつも大成功で、かならず素晴《すば》らしい印象、最高の思い出をあたえてくれた。

二人の気がかりは、彼女の夫の到着《とうちゃく》だったが、その夫から手紙が届《とど》いた。彼は目の病に罹《かか》ってしまったので、急いで帰ってきてほしいと書いてきた。アンナは慌《あわ》てて出立《しゅったつ》の用意を始めた。

「これでよかったのよ、家に帰ります」と、彼女はグーロフに言った。「こうなる運命だったのね」

彼女は鉄道の駅まで馬車で行くことに決め、グーロフは送っていくことにした。彼女が特急列車に乗ると、すぐに発車を知らせるベルが鳴った。

「もう一度顔を見せてください……、もう一度」

彼女は泣かなかったが、悲嘆《ひたん》にくれ、顔が病人のように震《ふる》えていた。

「あなたのことを思いつづけます……忘《わす》れません」と、彼女は言った。「お元気でね、神のお恵《めぐ》みがありますように。さようなら、これっきりで、もうお会いしません。だって、わたしたちは、もともと会ってはいけなかったのだから。お元気で」

汽車は動き出し、すぐにスピードを上げた。まもなく車窓《しゃそう》の明かりが見えなくなり、やがて音も聞こえなくなった。まるですべてが示《しめ》し合わせて、この甘《あま》い白昼夢《はくちゅうむ》、この陶酔《とうすい》をできる限《かぎ》り早く終わらせようとしているようだった。

グーロフはホームにひとり残り、汽車が消えたあとの闇《やみ》を見ていた。キリギリスの鳴き声と電線のうなりが、彼《かれ》を長い夢《ゆめ》から目覚めさせた。自分の人生の記録に新しい事件《じけん》、つまり冒険《ぼうけん》が加わった。しかし、それももう完結、思い出だけが残った、と彼は考えた。胸《むね》が痛《いた》み、悲しみに襲《おそ》われた。同時に少し後悔《こうかい》もしていた。もう二度と会えなくなってしまったあの若《わか》い女性《じょせい》は、彼といて幸せではなかったのでは。彼は彼女《かのじょ》を大切にし、真剣《しんけん》につき合ったが、その際《さい》の話し方、愛し方の陰《かげ》に、若い娘《むすめ》と接《せっ》することができた年上の、しかも倍も年上のラッキーな男にありがちな、相手を小馬鹿《こばか》にしたり、見下したりする無神経《むしんけい》さが見え隠《かく》れしていたのでは。彼女は最後まで彼を優《やさ》しい人、特別な人、立派《りっぱ》な人と呼《よ》んでくれた。あきらかに実際の自分とは異《こと》なる自分を彼女に見せていたことになる。つまり、意図せず彼女をだましていたのだ。

鉄道の駅に秋の気配が漂《ただよ》っていた。風が冷たかった。

（わたしもそろそろ北へ帰ろうかな）ホームを去りながらグーロフは考えた。（帰ろう！）

Ⅲ

モスクワへ帰ると、そこはもう冬模様《ふゆもよう》だった。暖炉《だんろ》に火が入っていた。朝、こどもたちが登校の準備《じゅんび》をしたり朝食をとったりしている時間はまだ暗く、陽が昇《のぼ》るまでしばらくの間、メイドはロウソクをともした。気温が零下《れいか》になる日もあった。初雪が降《ふ》り、初めてそりに乗る日、白い地面、白い屋根を見ると嬉《うれ》しくなる。喉《のど》を痛《いた》めないように、浅く静かに呼吸《こきゅう》しなければいけない。この時期には少年時代がよみがえる。樹氷《じゅひょう》で真っ白になったボダイジュや白樺《しらかば》の老木は、南の糸杉《いとすぎ》や椰子《やし》よりずっと慣《な》れ親しんだもの。白い林のなかにいると、山々のことや海のことを考えようとも思わなくなる。

グーロフはモスクワ生まれのモスクワ育ち。その生まれ故郷《こきょう》へすっきりした厳寒《げんかん》の日に帰ってきた。毛皮のコートを着て、暖《あたた》かい手袋《てぶくろ》をはめ、中心街のペトロフカ通りを歩き、土曜の夕方、クレムリンの寺院の鐘《かね》を聞く。すると、終わったばかりの休暇《きゅうか》旅行やその際《さい》に訪《おとず》れた名所などは魅力《みりょく》を失っていった。

彼《かれ》は少しずつモスクワの生活に浸《ひた》っていった。一日に新聞を三紙、隅《すみ》から隅までなめるように読む一方で、モスクワの新聞は読まない主義《しゅぎ》だ、などと言う。レストラン、クラブへ通い、呼《よ》ばれればディナー・パーティーや記念日のパーティーにも出かけた。有名な弁護士《べんごし》やアーチストが客に来たこと、上流階級のクラブ「学士会館」でカードゲームをすること、しかもその相手がモスクワ大学の教授《きょうじゅ》だということなどを鼻にかけるようになった。流行のモスクワ風鉄板焼きを一皿ひとりでたいらげることもできるようになった。

アンナのことは、ひと月もたてば、ほかの女性《じょせい》たちと同じように、記憶《きおく》の霧《きり》の向こうへ消えていき、ただ時折、素敵《すてき》な微笑《ほほえ》みを浮《う》かべて夢《ゆめ》に現《あらわ》れるだけになるだろうと、彼は思っていた。しかし、ひと月以上たち、本格的《ほんかくてき》な冬が訪れても、記憶は霞《かす》むどころかますます鮮明《せんめい》になり、アンナと別れたのがまるで昨日のことのように思われた。思い出に一度ついた火は、ますます激《はげ》しく燃《も》えさかった。

夜の静寂《せいじゃく》のなかで宿題をしているこどもたちの声が書斎《しょさい》まで聞こえてくる、レストランで歌手の歌やオルガンの演奏《えんそう》を聴《き》いている、あるいは、外の吹雪《ふぶき》の唸《うな》りが暖《だん》炉《ろ》を通して聞こえる、そんな時、突然《とつぜん》すべての記憶がよみがえる。波止場での出来事、丘《おか》の上で霧に包《つつ》まれていた早朝のこと、フェオドシアからの船、そして、口づけ。

彼は長時間部屋を歩き回り、思い出にふけり、ときに笑みさえ浮かべた。そのうちに思い出が希望に変わり、想像《そうぞう》のなかで過去《かこ》がこれから起こることに取って代わった。アンナは夢に出てこなかった。彼の後から影《かげ》のようにどこへでもついてきて、彼を見守っていた。目を閉《と》じるとすぐそこに彼女《かのじょ》が見える。ヤルタで会っていたときよりも美しく若《わか》くかわいらしい。彼自身もヤルタのときより、いい男になった気がした。

夜暗くなると、彼女は本棚《ほんだな》から、暖炉のなかから、部屋の隅から彼を見ている。彼には彼女の息づかい、彼女の服が擦《こす》れる優《やさ》しい音が聞こえる。街では行き交う女性を目で追って、似《に》た人がいないか探《さが》してしまう……。ついには、この思い出を誰《だれ》かに話したくてしかたなくなった。しかし、自宅《じたく》で自分の恋愛話《れんあいばなし》などできるはずがない。外では話す相手がいない。所有する建物の間借り人たちは論外《ろんがい》だし、職場《しょくば》の銀行にも話し相手はいない。たとえいたとしても、何を話せばよいのか？　あれは恋愛だったのか？　彼《かれ》とアンナの関係に、人に話せるような美しいこと、詩的《してき》なこと、あるいは教訓的なこと、あるいはただ単に人の興味《きょうみ》を引くことが何かあったろうか？

しかたなく、愛について、女性について抽象的《ちゅうしょうてき》に語ることになったが、実際《じっさい》に何があったかを推察《すいさつ》できる人はいなかった。ただ妻《つま》だけが黒い眉毛《まゆげ》を動かして、言った。「ディミトリイ、色男の役は全然似合《にあ》わないわよ」

ある夜グーロフは、その夜の食事相手の役人と学士会館の玄関《げんかん》を出ながら、我慢《がまん》できずに口に出した。

「実はね、ヤルタで知り合った女性がね、とても魅力的《みりょくてき》でね」

役人は馬ぞりに乗り立ち去ろうとしたが、急にふり返って叫《さけ》んだ。

「グーロフ君！」

「はい、なんですか？」

「先ほど君が言ったことは正しい。今日の鉄板焼きのチョウザメは生焼けで、少し臭《くさ》かった」

ごく日常的《にちじょうてき》なこの言葉に、グーロフはなぜか突然腹《とつぜんはら》を立てた。人を侮辱《ぶじょく》する卑劣《ひれつ》な言葉と感じた。本性《ほんしょう》むき出し、人でなし！　なんと馬鹿《ばか》げた夜だろう！　なんとつまらない日々、意味のない日々がつづくのだろう！　金を賭《か》けたトランプゲーム、美食、大食、泥酔《でいすい》、同じ話のくり返し。こうした暇《ひま》つぶしと無駄《むだ》なおしゃべりが一日二十四時間のうちのいちばんいい部分を占《し》め、精力《せいりょく》の大部分を浪費《ろうひ》させる。残るのは、規則《きそく》に縛《しば》られた自由のない時間、つまらない時間、隔離病棟《かくりびょうとう》や囚人《しゅうじん》部隊に閉《と》じこめられたような時間。グーロフは朝まで一睡《いっすい》もせず怒《おこ》りつづけた。翌日《よくじつ》は一日中頭痛《ずつう》に悩《なや》まされた。

その日から彼は眠《ねむ》れなくなり、ひと晩中《ばんじゅう》ベッドに腰《こし》かけて物思いにふけるか、部屋のなかを隅《すみ》から隅まで歩き回った。こどもたちのことも、銀行の仕事も、どうでもよくなった。出かける気にも、誰《だれ》かと話す気にもならなかった。

十二月、年末年始の行事が近づいたころ、彼は旅支度《たびじたく》をし、妻《つま》には、ある若者《わかもの》の就職《しゅうしょく》の世話のためペテルブルグへ行くと言って出発し、S《エス》市へ向かった。目的は？　彼自身もよくわかっていなかった。アンナと会いたかった、話したかった、できれば二人だけの時を持ちたかった。

朝早くS市に到着《とうちゃく》した。ホテルでいちばんよい部屋を頼《たの》んだが、部屋の床《ゆか》に敷《し》かれていたのは、兵士の外套用《がいとうよう》の粗末《そまつ》なラシャ、卓上《たくじょう》のインク瓶《びん》はほこりで灰色《はいいろ》、横のペン立ては片手《かたて》を上げた馬上の騎士像《きしぞう》だったが、その手に握《にぎ》られた帽子《ぼうし》をかぶるべき頭は取れてなくなっていた。ポーターが必要な情報《じょうほう》を教えてくれた。フォン・ディーデリッツは、ホテルから近い旧《きゅう》ゴンチャール通りの屋敷《やしき》に住んでいる。屋敷は親から相続したもので、お金持ち、馬を何頭も所有している。町でこの家族を知らない人はいない。ポーターはその外国風の名前をドルドルリッツと発音した。

グーロフはゆっくりと旧ゴンチャール通りへ足を運び、屋敷を探《さが》し当てた。屋敷の正面を隠《かく》すように灰色の長い塀《へい》がのびていた。木製《もくせい》で釘《くぎ》がいたるところからつき出ていた。(これでは脱出不可能《だっしゅつふかのう》だ) 屋敷の窓《まど》や塀《へい》を眺《なが》めて、グーロフは思った。今日は休日、夫は屋敷にいるだろう。いずれにしろ、敷地に入って騒《さわ》ぎを起こすのはまずい。メモを書いて渡《わた》せないだろうか。ダメだ、きっと夫の手に落ちてしまう。それではすべて台無しだ。チャンスをうかがうしかない。彼は塀に沿《そ》って通りを往復《おうふく》し、その機会を待った。門のなかへ路上生活者が入っていくのが見えたが、すぐに何頭もの犬に襲《おそ》われ、逃《に》げ出してきた。

一時間は過《す》ぎたろうか、ピアノの演奏《えんそう》が聞こえてきた。聞き取りにくい弱い音色だった。弾《ひ》いているのはきっとアンナだ。突然《とつぜん》屋敷の正面玄関《げんかん》が開いて、老女がひとり現《あらわ》れた。その後ろから、あの白いスピッツが走り出てきた。グーロフは犬を呼《よ》ぼうと思ったが、心臓《しんぞう》がドキドキし、興奮《こうふん》してしまい、犬の名前を思い出せなかった。歩くうちに灰色の塀に対する憎《にく》しみがますます大きくなり、イライラが募《つの》り、妄想《もうそう》にかられた。彼女《かのじょ》はグーロフのことなど忘《わす》れてしまい、ほかの男と遊んでいるはずだ。朝から晩《ばん》までこの呪《のろ》われた塀を見ていなければならない状況《じょうきょう》に置かれた若《わか》い女性《じょせい》なら、そうなって当たり前だ。

ホテルの部屋に帰った彼《かれ》は、何も手につかず、ソファーにただ座《すわ》りつづけた。昼食後は長い昼寝《ひるね》をした。（なんて馬鹿《ばか》なことをしたんだ）彼は目を覚まし、すでに陽が沈《しず》み窓《まど》の外が暗いのに気づいて、悔《く》やんだ。（寝たいだけ寝てしまった。これから夜をどうやって過《す》ごせばいいのだ）

病院でよく見かける灰色の安い毛布《もうふ》にくるまれたベッドに腰《こし》をかけ、彼はむしゃくしゃして自分を責《せ》めた。

（結局、これが犬を連れた奥《おく》さん……これがアバンチュール……行きついたのがこの安ホテル）

そのとき思い出した。朝、駅に着いたとき、本日初演《しょえん》と大きく書かれたポスターを見かけた。イギリスの歌劇《かげき》『ゲイシャ』が今晩《こんばん》上演されるはずだった。彼は劇場へ向かった。(初演となれば彼女は観に行くはずだ)と、考えたのだ。

劇場は混雑《こんざつ》していた。地方の劇場はどこでも同じ、天井《てんじょう》から下がったシャンデリアから上は煙《けむ》っている。最上階の立見席はガヤガヤとやかましい。ここは田舎《いなか》の社交場、夜会服を粋《いき》に着こなしたつもりの紳士《しんし》まがいの男たちが、上演前の最前列に気取って立ち並《なら》ぶ。貴賓席《きひんせき》の目立つところに毛皮の襟巻《えりまき》をした県知事令嬢《れいじょう》が座《すわ》り、県知事自身は控《ひか》えめに仕切りの裏《うら》に隠《かく》れ、手だけを見せている。緞帳《どんちょう》が揺《ゆ》れ、オーケストラがいつまでも音合わせをしている。

観客が入ってきて席に着く間、グーロフは目を凝《こ》らして探《さが》しつづけた。アンナがいた。彼女は三列目に座った。その姿《すがた》に気づくや、心臓《しんぞう》が締《し》めつけられ、グーロフははっきり理解《りかい》した。自分にとって、この世に彼女よりも近くて大切で重要な人間はいない。彼女の姿は田舎の人々のなかに紛《まぎ》れこんでしまう。小柄《こがら》で、とくに際立《きわだ》つところもない。手に持ったオペラグラスも安物。しかし、その姿がいまや彼の人生のすべて、彼の悲しみであり、喜びであり、自らに望む唯一《ゆいいつ》の幸せだった。下手なオーケストラ、田舎《いなか》の素人用《しろうとよう》バイオリンの音を聞きながら、彼女《かのじょ》は最高だ、と彼は思った、思って、望んだ。

アンナと一緒《いっしょ》に入ってきて、彼女のとなりに座《すわ》ったのは、短い頬《ほお》ひげをたくわえた背《せ》が非常に高い猫背《ねこぜ》の若《わか》い男だった。一歩進むごとに頭を揺《ゆ》らす。お辞儀《じぎ》をしつづけているようにも見える。この男がきっと、ヤルタで彼女が悲しみのこみあげるなかで「召使《めしつかい》」と呼《よ》び捨《す》てた夫に違《ちが》いない。

たしかにこの男の高い身長、頬ひげ、薄《うす》くなった髪《かみ》は、へりくだった召使を感じさせたし、胸《むね》のボタン穴《あな》につけた学位か何かを表すメダルは、まるでパーティー会場のウェイターのナンバープレートのようにしか見えなかった。最初の休憩《きゅうけい》時間、夫は煙草《たばこ》を吸《す》うために席を立った。彼女ひとりが座席《ざせき》に残った。

彼らと同じく一階席に座っていたグーロフは、アンナに近づき、無理に笑いながら、震《ふる》える声で呼《よ》びかけた。

「こんにちは」

彼を一目見たアンナは、真っ青になった。恐《おそ》れおののきながらもう一度彼を見て、目を疑《うたが》い、両手で扇《おうぎ》とオペラグラスをまとめて固く握《にぎ》りしめた。気を失うまいと自分と戦っていることがよくわかった。

二人は黙《だま》っていた。彼女は座ったまま、彼は彼女の困惑《こんわく》ぶりに驚《おどろ》いて立ったまま、となりに座ってよいものか決めかねていた。バイオリンとフルートが調律《ちょうりつ》のため鳴りだした。突然《とつぜん》四方の観客席から見られているような気がして恐ろしくなった。彼女がすっと立ち上がり、急ぎ足で出口へ向かった。彼はその後を追った。二人はわけのわからない行動をとった。ロビーや通路を行ったり来たり、階段《かいだん》を上ったり下りたり。さまざまな人影《ひとかげ》が目の前をよぎった。勲章《くんしょう》、徽章《きしょう》をぶら下げた裁判官《さいばんかん》の服、教師《きょうし》の服、爵位《しゃくい》に応《おう》じた貴族《きぞく》の服。淑女《しゅくじょ》のドレスや、クロークのハンガーにかけられた毛皮のオーバーも見たような気がした。いったん外へ出て煙草を吸う観客たちの、吐《は》き出す煙《けむり》が隙間風《すきまかぜ》となって劇場《げきじょう》のなかへ流れこみ、匂《にお》いがきつかった。グーロフの心臓《しんぞう》の鼓動《こどう》は速くなった。彼は心のなかで毒《どく》づいた。

（まったくなんという田舎者《いなかもの》たちだ、なんという演奏《えんそう》だ！）

その瞬間《しゅんかん》に彼は、夜の駅でアンナを見送ったとき、すべて終わった、もう会うことはない、と自分に言い聞かせたことを思い出した。

（あのときはこんなつづきがあるとは知らなかった。終わりはまだ先、ずっと先だ！）

『中二階への通路』と表示《ひょうじ》された、狭《せま》くて薄暗《うすぐら》い階段《かいだん》で彼女《かのじょ》は足を止めた。

「ひどい方、びっくりしたわ！」彼女は苦しそうに呼吸《こきゅう》していたが、その顔は驚愕《きょうがく》で血の気が引いたままだった。「ほんとうに、びっくりして、死ぬかと思いました。どうして来たのですか？　どうして？」

「わかってほしい、アンナ、わかってほしい」と、声をひそめて早口で彼は懇願《こんがん》した。「お願いだから、わかってほしい」

彼を見る彼女の眼差《まなざ》しには、恐怖《きょうふ》と哀願《あいがん》と愛がこめられていた。彼の姿《すがた》を目に焼きつけようと、じっと見つめている。

「苦しかったわ」彼女は彼の言葉に耳を貸《か》さず、話しつづけた。「ずっとあなたのことだけ思っていました。あなたへの思いだけで生きていました。でも何とか忘《わす》れようと、忘れようとしていたのに、なぜ？　なぜこんなところまで？」

少し上の踊《おど》り場で煙草《たばこ》を吸《す》っていた学生二人が下を見ていた。しかし、グーロフにはもうどうでもよかった、アンナを抱《だ》き寄《よ》せキスをした。額《ひたい》、頬《ほお》、手……。

「何をなさるの、おやめになって！」彼女は恐《おそ》れをなし、彼を押《お》しのけようとした。「二人とも狂《くる》ってしまいそう。今日のうちにモスクワへ帰ってください、いえ、いますぐ行ってください……。一生のお願いです、お願いですから……あっ、誰《だれ》か来ます！」

誰かが階段を上ってきた。

「あなたは帰らなければいけないわ」と、アンナはささやいた。「よく聞いてください。いいですか？　ドミトリイ、わたしのほうからあなたに会いにモスクワへ行きます。わたしはこれまでずっと不幸だったの、いまも不幸。このままじゃ、これからもずっと不幸。幸せになんてなれないわ、ずっと、ずっと！　ですから約束します、モスクワへ行きます。ですからいまは行ってください。愛しています。あなたはわたしの愛《いと》しい人です、恋人《こいびと》です。ですから早く行ってください！」

彼女《かのじょ》は彼《かれ》の手を握《にぎ》り、急いで階段《かいだん》を下って行った、何度もふり返りながら。その目を見れば、彼女が本当に不幸だったことがよくわかった。

彼は耳を澄《す》まして、しばらくその場に立っていた。すっかり静まったところで、クロークにかかった自分のコートを取り、劇場《げきじょう》を後にした。

Ⅳ

そしてアンナは、モスクワの彼のもとへ通うようになった。二、三か月に一回、S《エス》市を出る際《さい》には、夫に自分の婦人病《ふじんびょう》のことを教授《きょうじゅ》に相談しに行く、と目的を説明したが、夫はそれを信じた。いや、半信半疑《はんしんはんぎ》だったかもしれない。

モスクワに着くと、赤の広場に近いホテル『スラヴャンスキー・バザール』に部屋を取り、すぐに赤い帽子《ぼうし》のポーターを使いに出す。知らせを聞いたグーロフが部屋を訪《おとず》れる。モスクワでこのことを知る人はひとりもいなかった。

この手順にのっとって、ある冬の朝（使いは前日出されたが、夜だったので彼を捕《つか》まえられなかった）、彼はホテルへ向かっていた。娘《むすめ》を伴《ともな》っていた。方向が同じなので学校まで送って行く。大粒《おおつぶ》の湿《しめ》った雪が降《ふ》っていた。

「いまプラス三度なのに雪が降っている」と、グーロフが娘に話しかけた。「暖《あたた》かいのは地表だけ、高層《こうそう》の大気の温度は違《ちが》うって覚えておきなさい」

「お父さま、どうして冬には雷《かみなり》が落ちないの？」

彼はその問いにも答えた。

娘の相手をしながら、彼は考えた。いま自分は女性のもとへ向かっているが、それを知る者はひとりもいない、たぶん今後も知られることはないだろう。彼には表と裏《うら》の生活があった。その気になれば誰《だれ》でも見ることも知ることもできるのが表の生活だ。それは常識的《じょうしきてき》な真実と欺瞞《ぎまん》に満ちていて、彼の知人友人の生活と少しも変わらない。もうひとつの裏の生活――それは秘密裏《ひみつり》に進行している。

たぶん偶然《ぐうぜん》のなせる業《わざ》だろうが、奇妙《きみょう》な二重構造《こうぞう》が生じている。彼にとって重要で必要なこと、彼が楽しいと思うこと、彼が自分に誠実《せいじつ》で正直になれるとき、彼の生活の種子の部分、これらすべてが他人には見えないところで生起している。逆《ぎゃく》に、彼の虚偽《きょぎ》の生活、真実を隠《かく》すために彼が被《かぶ》っている外皮、たとえば、銀行員の仕事、クラブでの論争《ろんそう》のための論争、彼の『劣等種《れっとうしゅ》』、夫妻《ふさい》で参加するパーティー――これらすべては完全に人目に曝《さら》されている。

彼は自分以外の人はどうだろうと考える。見えるものは信じられない。深夜の闇《やみ》のような秘密のベールの下で個人《こじん》個人の本当の生活、もっとも面白い生活が進行していると常《つね》に仮定《かてい》するべきだろう。個人の私的な生活に関しては秘密が守られるべきだ。たぶんこれが主たる理由で、文化人と呼《よ》ばれる人々はプライバシーの尊重《そんちょう》という問題にあれほど神経《しんけい》をとがらすのだろう。

娘《むすめ》を学校へ送りとどけ、グーロフは『スラヴャンスキー・バザール』へ向かった。ロビーでコートを預《あず》け、客室へ上がり、ドアをそっとノックした。彼の好きなグレーのドレスを着たアンナが待っていた。旅に疲《つか》れ、さらに昨夜から彼を待ちつづけて疲れたようすだった。彼女《かのじょ》は、顔色が悪く、彼を見ても笑顔を浮《う》かべなかったが、彼が部屋に一歩踏《ふ》みこむや、その胸《むね》に飛びこんだ。まるで二年ぶりに会ったかのように、二人の口づけは長くいつまでもつづいた。

「どうしていた?」と、彼がたずねた。「何かあったかい?」

「ちょっと待って。いまお話し……で、できないわ」彼女は答えられなかった。泣いていたから。顔を背《そむ》け、目にハンカチをあてた。

(しかたない、座《すわ》って待つとしよう)と考え、彼は肘掛《ひじか》け椅子《いす》に腰《こし》を下ろした。そして、電話でお茶を注文し、届《とど》いたお茶を飲んだが、アンナは、その間ずっと窓《まど》に顔を向けて立ちっぱなしだった。彼女は感情《かんじょう》の高ぶりのせいで泣いていた。二人の

しまった！　二人の生活は壊《こわ》れて

を忍《しの》んで、こっそりとしか会えない、まるで泥棒《どろぼう》みたい！　二人の生活は壊《こわ》れて

生活がこんなに悲しい形になってしまったことをみじめに感じて泣いていた。人目を忍《しの》んで、こっそりとしか会えない、まるで泥棒《どろぼう》みたい！　二人の生活は壊《こわ》れてしまった！

「もう、やめなさい！」と、彼《かれ》が言った。

彼には、この恋《こい》の終わりがすぐに来ることはないと、わかっていた。いつ来るのか、来ないのかは、わからないが。アンナはますます強く彼に惹《ひ》かれている、彼を崇拝《すうはい》している。この恋もいつかは終わると彼女に告げるなんて、とても考えられない。たとえ告げても信じないだろう。彼は彼女に近づき、その両肩《りょうかた》を掴《つか》んだ。慰《なぐさ》めて、軽口で笑わせようと。そのとき鏡に映《うつ》った自分の姿《すがた》が目に入った。

髪《かみ》の毛には白髪《しらが》が目立ち始めていた。不思議なことに数年でかなり老けてしまい、男前が失われてしまった。彼が手を置いた彼女の震《ふる》える両肩は温《あたた》かかった。彼はこの命に同情《どうじょう》を覚えた。この命は温かくて美しい。しかし、彼の命と同様に色あせ衰《おとろ》え始める日がすでにそこまで来ている。

なぜ彼女はこれほど愛してくれるのだろう？　彼はこれまでいつも女性《じょせい》たちに、本来の自分ではない人間に見られてきた。女性たちは彼のなかに自分たちの想像《そうぞう》が作り上げた人間、生まれてからずっと探《さが》し求めていた人間を見つけて、それを愛した。やがて自分の間違《まちが》いに気づくが、それでも彼を愛しつづけてくれた。しかし、誰《だれ》ひとり彼を愛して幸せになれなかった。知り合い、交際《こうさい》し、やがて別れる、この時間のなかで彼が恋したことはなかった。ありとあらゆることがあったが、しかし、恋だけはなかった。

ようやく髪が白くなり始めたいまになって、彼は生まれて初めて恋に落ちた。文字通りの恋、本物の恋。アンナと彼は互《たが》いに愛し合っている。きわめて親しい肉親同士のように、夫婦《ふうふ》のように、心を許《ゆる》し合った友達同士のように。二人はきっと互いのためにこの世に生まれてきた。だから、彼に妻《つま》がいて、彼女に夫がいることが理解《りかい》できなかった。雄《おす》と雌《めす》の二羽の渡《わた》り鳥が捕《と》らえられ、別々の鳥かごに閉《と》じこめられてしまったかのようだった。

二人は過去の恥《かこ》ずべきことを許《は》し合った。現在《げんざい》のすべてを許《ゆる》し合った。二人はこの恋《こい》が二人を変えたと感じていた。これまで彼《かれ》は愁嘆場《しゅうたんば》で思いつくあらゆる理屈《りくつ》をこねまわして自分を納得《なっとく》させてきた。しかし、いまはもう理屈なんかではない、彼女《かのじょ》に対する同情《どうじょう》は心の底からのもの、誠実《せいじつ》でありたい、優《やさ》しくありたい……。

「アンナ、もういいよ」と、彼は言った。「泣くだけ泣いただろ……。さあ、相談しよう、何か見つかるかもしれない」

二人は時間をかけて話し合った。人目を気にし、ときには嘘《うそ》をつかなければならない状態《じょうたい》、別々の町に住み、なかなか会えない状態、この状態から逃《のが》れるすべはないだろうか。この耐《た》えがたき足かせを外せないだろうか？

「どうしたら？　どうしたら？」彼は頭を抱《かか》えて自問した。「どうしたらいいんだ？」

もう少しで解決策《かいけつさく》が見つかるのでは、そして、素晴《すば》らしい新生活が始まるのでは、そんな気もしたが、しかし、二人にはわかっていた。懸案解決《けんあんかいけつ》はまだまだ先、はるかかなた、最難関《さいなんかん》の山場がいままさに始まろうとしていた。

ジーノチカ

Зиночка

猟友会《りょうゆうかい》の会員たちがシギ狩《が》りに来て、その夜は干《ほ》し草小屋に一泊《ぱく》することになった。小屋の窓《まど》からは月明かりが差しこみ、外では村人がおんぼろアコーディオンで悲しい曲を弾《ひ》いている。刈《か》り取ったばかりの牧草が甘美《かんび》な匂《にお》いを放つ。その匂いに煽《あお》られたのか、ハンターたちは寝《ね》るのを忘《わす》れ、談笑しつづけた。猟犬の話、獲物《えもの》のシギの話、さらには、女の話、初恋《はつこい》の話で盛《も》り上がる。知り合いの女性《じょせい》を片端《かたはし》から話の種にして、あることないこと暴《あば》きつくし、ジョークの備蓄《びちく》も底をつくと、仲間のひとりが新しい話題をもち出した。暗闇《くらやみ》のなかでは干し草の束と見まがうほどの大男、声は太いバス。幕僚《ばくりょう》クラスの軍人のようだ。男は大きなあくびをしてから、その太い声で話し始めた。

「愛されるなんて、たいしたことじゃない。そもそも女性はぼくたち男性を愛する

ために この世に生まれてきたようなものだ。それより、君たちのなかで、嫌《きら》われた経験《けいけん》を持つ者はいるかな？　激《はげ》しく情熱的《じょうねつてき》に嫌われた者は？　恋愛の極致《きょくち》ならぬ、嫌悪《けんお》の極致を見た者はいるかな？　ええ？」

答える者はいない。

「誰《だれ》もいないのかい？」幕僚クラスのバスが響《ひび》く。「じゃあ話そう。ぼくは嫌われたね。かわいい娘《むすめ》に嫌われた。初恋があるなら、初嫌悪というものもある。それがどんな症状《しょうじょう》なのか、ぼくは身をもって学んだね。しかし、これから話す事件《じけん》が起こったころ、ぼくはまだ恋愛が何かも、逆《ぎゃく》に嫌われることが何かも、まったくわからないこどもだったけどね。当時ぼくはまだ八歳《さい》だった。がっかりするなよ、話の主役はぼくじゃない、『彼女《かのじょ》』だから。まあ、聞け」

ある夏の夕方、陽が沈《しず》むころ、ぼくはこども部屋で住みこみの家庭教師《きょうし》と勉強をしていた。家庭教師は、ジーノチカという名の、童話のお姫様《ひめさま》のような美しい娘で歳《とし》は十八、女学院を卒業したばかり。

その日、ジーノチカ先生は窓《まど》の外ばかり見て、授業《じゅぎょう》に身が入らなかった。

「いいわね、わたしたちが吸《す》うのは酸素《さんそ》。では、ペーチャ、わたしたちが吐《は》くのは？」

「炭酸《たんさん》ガス」と、答えるぼくも外のようすが気になってしかたがなかった。

「はい、そうです」と、ジーノチカ。「植物はその反対です。炭酸ガスを吸《す》って、酸素を吐きます。炭酸ガスというのは、飲料用鉱泉水《こうせんすい》や湯沸《ゆわ》かし器の炭の煙《けむり》に含《ふく》まれる有毒なガスです。イタリアのナポリ市の近くに『犬の洞窟《どうくつ》』という場所があります。この洞窟には炭酸ガスが溜《たま》っていて、犬を放つと窒息《ちっそく》して死んでしまいます」

化学の教科書に書いてあるのは、ナポリ郊外《こうがい》のこの悲惨《ひさん》な犬の洞窟まで。さらに踏《ふ》みこんで説明してくれる家庭教師《きょうし》はいなかった。ジーノチカも常《つね》日ごろ自然科学の大切さを熱く語っていたが、この洞窟より深い化学の知識《ちしき》があったとは思えない。

とにかく、教科書の文章をくり返させられた。洞窟の次に、彼女《かのじょ》は、地平線とは何か、と質問《しつもん》した。ぼくは答えた。

ぼくたちが、洞窟がどうの、地平線がこうのと、やり合っている間にも、中庭のほうでは父が狩《か》りに出かける準備《じゅんび》をしていた。猟犬《りょうけん》たちが吠《ほ》え、馬車馬たちがいまかいまかと蹄《ひづめ》を鳴らして御者《ぎょしゃ》たちにじゃれついている。召使《めしつかい》たちが四輪馬車に袋《ふくろ》や箱や何やかや、荷物を積みこむ。父の馬車の横に、ひと回り大きい乗合馬車並《な》みの馬車が用意されている。母と妹たちがその大きな馬車に乗りこんだ。イワニツキイ家に御呼《およ》ばれに行くのだ。屋敷《やしき》に残るのは、ぼくとジーノチカ、あとひとり大学生の兄。兄は歯が痛《いた》いと言って残った。こどものぼくが出かける家族をどれほどうらやましく思ったか、どれほど悲しかったか！

「はい、人間が吸うのは？」と、質問するジーノチカも窓の外を気にしている。

「酸素」

「正解《せいかい》。では、くり返して。地平線とは天と地の境目《さかいめ》に見える線のことです……」

そのとき、父の馬車が、つづいて母たちの馬車が動き出した。すると、ジーノチカがポケットからメモのようなものを取り出し、クシャクシャに握《にぎ》りつぶし、握りこぶしを額《ひたい》に当て、顔をポッと赤らめ、時計を見た。

「覚えましたか、ナポリの近くに犬の洞窟《どうくつ》があります……」彼女《かのじょ》はまた時計を見て、つづけた。「天と地の境目《さかいめ》のように見える……」

興奮《こうふん》して部屋を歩き回り、何度も時計を見る彼女がかわいそうになったが、授業《じゅぎょう》の終わりまではまだ三十分以上ある……。

「次は算数です」彼女の息が荒《あら》くなり、問題集をめくる手は震《ふる》えていた。「三二五番の問題を解《と》きなさい。先生は……すぐ戻《もど》ります……」

彼女は部屋から出て行った。階段《かいだん》を駆《か》け下りる音が聞こえた。窓《まど》から覗《のぞ》くと、彼女の青い服が中庭を駆け抜《ぬ》け、木戸から果樹園《かじゅえん》へ入っていくのが見えた。動きの速さ、頬《ほお》の赤さ、興奮《こうふん》ぶり……何か怪《あや》しい。どこへ何をしに駆けていくのだろう？

年の割《わり》に頭の働く子だったぼくは、すぐに思い当たった。彼女は、うちの厳《きび》しい親たちが留守《るす》になったのをいいことに、果樹園へ行って、キイチゴの木に登って実を取る気だ、サクランボかもしれない！　そうとなったら、負けるものか、ぼくだってサクランボが欲《ほ》しい！　算数の問題集を放り投げ、果樹園へ走った。だけど、サクランボ園に彼女の姿《すがた》はなかった。

キイチゴも、スグリも、見張《みは》り小屋も通り越《こ》し、菜園も抜けて、彼女は池へ下りていく。青白い顔で、かすかな物音にもビクビクしながら。後をつけて行ったぼくが何を見たと思う？　池の岸、二本の太い柳《やなぎ》の木の間に立っていたのは、ぼくの兄のサーシャさ。歯が痛《いた》い顔じゃなかったね。

兄はジーノチカを待っていた。その体全体が陽に照らされたように喜びに輝《かがや》いていた。ジーノチカは、まるで犬の洞窟に放たれて、炭酸《たんさん》ガスを吸《す》わされそうになっている犬のように、恐《おそ》るおそる足を運び、息をひそめ、兄に近寄《ちかよ》って行く。背《せ》の高い兄を見上げながら……。

どうやら、男性《だんせい》との密会《みっかい》は生まれて初めてらしい。でも、彼女は兄に寄り添《そ》った……。三十秒間も見つめ合っていたよ、目が信じられなかったのかな。やがて何かに背中《せなか》を押《お》されたみたいに、ジーノチカはサーシャの肩《かた》に両手を置いて、彼《かれ》の胸《むね》のあたりに頭をつけた。サーシャは笑っていた。そして、恋《こい》に落ちた人間が口にするウワゴトのような言葉をつぶやき、両手のひらでジーノチカの顔を包《つつ》んだ。

天気は最高だったね……陽が沈《しず》む丘《おか》、二本の柳《やなぎ》、緑の岸辺、空――すべてがサーシャとジーノチカ二人の影《かげ》と渾然《こんぜん》一体となって、池に映《うつ》っていた。あたりは静まりかえっている。思い描《えが》いてほしい。水辺の花々の上を無数の蝶々《ちょうちょう》がキラキラ舞《ま》う、角のような触角《しょっかく》を立てて。果樹園《かじゅえん》のかなたを牛の群《む》れが追われて行く。ひと言で言えば、絵のような風景。でも、この光景のなかでぼくの記憶《きおく》に残ったのは、ひとつだけ、サーシャがジーノチカとキスしたこと。いけないことだよ。

ママン（ぼくの家はフランス風だった）に知られたら、二人とも大目玉さ。何だかぼくのほうが恥《は》ずかしくなって、密会《みっかい》を最後まで見届《みとど》けずにこども部屋へ逃《に》げ帰った。教科書を開いたけど、頭のなかでは見たことの意味を考えたね。きっとぼくの顔に勝ち誇《ほこ》った笑みが浮《う》かんだと思うよ。人の秘密《ひみつ》を知ったことが嬉《うれ》しかった。

だけど、何より嬉しかったのは、いつもぼくに対して偉《えら》そうにしているサーシャとジーノチカの、恥知《はじし》らずな行為《こうい》を言いつけられるってことさ、いつでも好きなときに、ほかならぬこのぼくが。いまや二人はぼくの家来だ。二人の安心、安全は、完全にぼくしだい、ぼくの気分しだいってわけさ。そうだ、ジーノチカに教えてやろう！

その夜の就寝時《しゅうしんじ》、ジーノチカがいつものようにこども部屋を覗《のぞ》きに来た。ちゃんと着がえたか、お祈《いの》りをしたか見るためにね。彼女《かのじょ》の幸せそうなかわいい顔を見てぼくはニヤッとほくそ笑んだ。秘密が膨《ふく》れ上がって、出してくれって叫《さけ》んでいた。ほのめかして効果《こうか》のほどを知りたくなった。

「ぼく、知っているよ！」と、ニヤニヤしながら言った。「フフフッ！」

「何を知っているの？」

「フフッ！　柳の下で先生がサーシャとキスしているの、見ちゃった。跡《あと》をつけて行って全部見ちゃった……」

ジーノチカは、ビクッと震《ふる》え、真っ赤になった。ぼくの証言《しょうげん》の効果《こうか》がよほど大きかったのか、立っていられなくなり、椅子《いす》に座《すわ》りこんだ。椅子の上に水の入ったコップやロウソク立てが置いてあったのに。

「見たよ……キスしていた……」もう一度念《ねん》を押《お》して、ヒヒヒッと笑いながら、彼女《かのじょ》の狼狽《ろうばい》ぶりを楽しんだ。「そうだ！　ママンに言いつけてやる！」

気の弱いジーノチカは、しばらくぼくをじっと見つめていたが、この子は本当にすべて知っている、と確信《かくしん》すると、ぼくの手を痛《いた》いほど強く握《にぎ》りしめ、かぼそい声を震わせて、

「ペーチャ、いけません……お願い、だめです……男でしょ……誰《だれ》にも言わないで……よい子は、スパイの真似《まね》などしてはいけません。やってはいけないことよ……お願い……」

彼女は、かわいそうなくらい、ぼくの母、道徳的《どうとくてき》で厳《きび》しい雇《やと》い主《ぬし》を恐《おそ》れていた。それも重大だが、もう一方では、ニヤニヤ笑うぼくの顔が、彼女のロマンチックで

純粋《じゅんすい》な初恋《はつこい》を汚《けが》してしまうに違《ちが》いない、という絶望感《ぜつぼうかん》にも襲《おそ》われていた。そのときの彼女の精神状態《せいしんじょうたい》がわかるだろう。

ぼくのせいで、その夜彼女は一睡《いっすい》もできなかった。翌日《よくじつ》、朝食に現《あらわ》れた彼女の目の下に青い隈《くま》ができていた。朝食後、サーシャと顔を合わせたぼくは、こらえきれなくなった。兄も嘲笑《あざわら》ってやろう、懲《こ》らしめてやろう。

「知っているよ！　見ちゃったよ、昨日マドモアゼル・ジーノチカ（フランス風）とキスしていたろう！」

サーシャはぼくを見た。

「ばかか、おまえは」

兄はジーノチカのような臆病者《おくびょうもの》ではなかった。期待した効果がまったくなかった。それがぼくをたきつけた。サーシャはちっとも驚《おどろ》いてくれない、ということは、ぼくがすべてこの目で見たと信じていないのだ。だったら、思い知らせてやるまでだ！

午前の授業中《じゅぎょうちゅう》、ジーノチカはぼくを全然見ず、言葉を噛《か》んでばかりいた。脅《おど》すより、ぼくに取り入ることに決めたらしいジーノチカは、答案には一〇〇点をつけるし、授業態度《じゅぎょうたいど》が悪くても父に言いつけたりしない。年のわりに頭の働くぼくは、彼女《かのじょ》の秘密《ひみつ》を最大限《さいだいげん》に利用することにした。勉強そっちのけ、授業中に逆立《さかだ》ちをする、禁《きん》じられた汚《きたな》い言葉を口にする。そのまま大人になったら、いっぱしの恐喝犯《きょうかつはん》になっていた、と言えばわかるだろ。

こんな風に一週間が過《す》ぎた。胸《むね》にしまった秘密がトゲのようにズキズキ、チクチクうずきだした。秘密を漏《も》らして、その効果《こうか》を試してみたい。我慢《がまん》が限界《げんかい》に達した。

ある日、屋敷《やしき》に来た大勢《おおぜい》の客と食卓《しょくたく》を囲む機会があった。ぼくはばかみたいにニヤニヤ笑いながら、意地悪な流し目をジーノチカに送り、口を開いた。

「ぼくね、知っているよ……、フフフフッ！　見ちゃった……」

「何を知っているのですか？」と、母が聞いた。

ぼくは意地悪の度を増《ま》した目で、ジーノチカとサーシャを見た。そして、ジーノチカが真っ赤になり、サーシャが険悪《けんあく》な目でぼくをにらんでいることに気がついた。ぼくは唇《くちびる》を噛《か》みしめ、話のつづきを飲みこんだ。ジーノチカの顔色が赤からしだいに青に変わる。彼女は歯を食いしばり、食事をやめてしまった。

その日の午後の授業で、ぼくはジーノチカの顔が豹変《ひょうへん》したのに気がついた。表情《ひょうじょう》が大理石のように硬《かた》く冷たくなった。不気味な視線《しせん》がまっすぐぼくの顔に向けられている。いまにも飛びかかってきそうな、かみついてきそうな目だ！　正直な話、オオカミを追い詰《つ》めた猟犬《りょうけん》だって、これほどの目つきはしない！　本当に食い殺されそうだ、と思ったのは、授業中突然《とつぜん》彼女が食いしばった歯の間から、押《お》し出すように言ったときだ。

「大嫌《だいきら》い！　ムカつくわ、汚《けが》らわしい、わかっているの？　あなたなんて大嫌いなのよ。刈《か》り上げた髪《かみ》も、ポテッとした耳も、みんな嫌いよ！」

言ったとたんに、自分に驚《おどろ》いたのか、

「ごめんなさい、ペーチャ、あなたに言ったわけじゃないの。お芝居《しばい》のセリフを覚えようと思って……」

さて、その夜のこと。彼女《かのじょ》はぼくのベッドのすぐ横まで来て、長い間ぼくの顔を見ていた。彼女は情熱的《じょうねつてき》にぼくを嫌《きら》うあまり、もうぼくなしでは生きていけなくなってしまったのさ。嫌いなぼくの顔を見ることが快感《かいかん》にまでなってしまったのだ。

ある夏の夜、こんなことがあった……。いまと同じ、干《ほ》し草の匂《にお》い、静寂《せいじゃく》、月の光……。ぼくは庭の並木《なみき》道を歩きながら、サクランボのジャムのことを考えていた。突然《とつぜん》、色白の美女ジーノチカが近づいてきた。ぼくの手を取り、息を弾《はず》ませ、告白を始めた。

「嫌いです、あなたが嫌いです！　これほど嫌いな方は、あなた以外にいません！　嘘《うそ》ではありません！　信じてください！」

わかるかなあ、月明かり、白い顔、情熱的な息遣《いきづか》い、静寂……ガキだったぼくも快感を覚えたよ。

告白を聞きながら彼女を見ていた……はじめは心地よかった。新鮮《しんせん》な気持ちだった。だけど、しばらくすると恐怖《きょうふ》に襲《おそ》われた。悲鳴《ひめい》を上げて、屋敷《やしき》へ一目散《いちもくさん》。どうしようか。そうだ、こんなときいちばんいいのは、ママンに打ち明けること。で、打ち明けた。いまの出来事ばかりか、サーシャとジーノチカのキスのことまで全部話した。ぼくはバカだった、どんな結果になるか考えなかった。わかっていれば、秘密《ひみつ》は胸《むね》の内にしまっておいたろう……。話を聞き終わると、ママンは怒《いか》りに顔を真っ赤に染《そ》めた。

「あなたには関係ない話ですよ、あなたはまだこどもです。でも、あの人たちは、何という手本をこどもに見せたのでしょう！」

ぼくのママンは道徳家《どうとくか》だったが、戦術家《せんじゅつか》でもあった。騒動《そうどう》を起こすのを避《さ》け、ジーノチカをすぐにではなく、チェスの駒《こま》をひとつずつ進めるように、いづらくさせて、追い払《はら》った。とがめる点はないけど、何となく気に食わない使用人の首を切るように。

出ていくとき、ジーノチカが振《ふ》り向いて、最後にひと目屋敷を見たが、その視線《しせん》の先にはぼくの部屋の窓《まど》があった。いまでもその眼差《まなざ》しをよく覚えている。忘《わす》れられるものか。

ほどなく、ジーノチカは兄の妻《つま》になった。うちの兄嫁《あによめ》、ご存知《ぞんじ》のジナイーダですよ。娘《むすめ》時代はジーノチカさ。

いったん屋敷《やしき》を去った彼女《かのじょ》とふたたび会ったとき、ぼくはもう士官候補生《こうほせい》になっていた。彼女のほうでも努力していたけど、ひげ面の士官候補生のなかに、嫌《きら》いなペーチャを見つけられなかったようだ。

でも、まったく身内扱《あつか》いしてもらえなかった……いまだにそう。人のよさそうな禿《は》げ頭、突《つ》き出た下腹《したばら》、かわいい中年のおじさんになっているのに、まともに見てもらえない。たまに兄を訪《たず》ねても、義姉《ぎし》はつっけんどん。どうやら、嫌いな人は、恋人《こいびと》と同じで、忘《わす》れ得ぬ人なのさ……。

「しまった！　もう鶏《にわとり》が鳴いている。少しは寝《ね》ておこう、おやすみにしよう！」

太くて低い声は、猟犬《りょうけん》にも向けられた。

「ミロード、お前もオヤスミ！」

大きなかぶ

Репка

むかし、むかし、おじいさんとおばあさんがいました。
こどもが生まれ、セルジという名をつけました。
セルジの耳は長い耳、セルジの頭は……頭は大きなかぶでした。

セルジは大きくなりました。大きなかぶはもっと大きくなりました。
おじいさんはかぶを世に出したくて、長い耳を引っぱって、
やれひけ、それひけ、もっとひけ。大きすぎて、ぬけません。
おじいさんは、おばあさんを呼《よ》びました。

おばあさんがおじいさんを、
おじいさんがかぶを引っぱって、

やれひけ、それひけ、もっとひけ。大きすぎて、ぬけません。
おばあさんは、身内でいちばん身分の高い侯爵《こうしゃく》夫人を呼《よ》びました。

侯爵夫人がおばあさんを、
おばあさんがおじいさんを、
おじいさんがかぶを、
やれひけ、それひけ、もっとひけ。大きすぎて、ぬけません。
侯爵夫人は、一族の出世頭の将軍様《しょうぐんさま》を呼びました。

将軍様が侯爵夫人を、
侯爵夫人がおばあさんを、
おばあさんがおじいさんを、
おじいさんがかぶを、

やれひけ、それひけ、もっとひけ。大きすぎて、ぬけません。
おじいさんは、最後の手、娘《むすめ》を嫁《よめ》にやりました、大金持ちの商人に。
おじいさんは、大金持ちを呼《よ》びました、札束もって来るように。

商人が将軍様《しょうぐんさま》を、
将軍様が侯爵《こうしゃく》夫人を、
侯爵夫人がおばあさんを、
おばあさんがおじいさんを、
おじいさんがかぶを、
やれひけ、それひけ、もっとひけ。
大きな頭、大きなかぶが、ついに世に出ました。

セルジは、お国の、お役人様になりました、とさ。

参考

大きなかぶ（ロシアの昔ばなし）

おじいさんが　はたけに　かぶを　うえました。
「おおきくなーれ、あまくなれ！
おおきくなーれ、つよくなれ！」

かぶは　おおきくなりました。
あまく、つよくなりました。
おじいさんは、おおきな　かぶを　つちから　ぬくことにしました。
やれ　ひけ、それ　ひけ、もっと　ひけ。
おおきすぎて、ぬけません。
おじいさんは、おばあさんを　よびました。

おばあさんが　おじいさんを、おじいさんが　かぶを、
やれ　ひけ、それ　ひけ、もっと　ひけ。
おおきすぎて、ぬけません。
おばあさんは、まごむすめを　よびました。

まごが　おばあさんを、おばあさんが　おじいさんを、おじいさんが　かぶを、
やれ　ひけ、それ　ひけ、もっと　ひけ。
おおきすぎて、ぬけません。
まごむすめは、いぬを　よびました。

いぬが　まごを、まごが　おばあさんを、おばあさんが　おじいさんを、
おじいさんが　かぶを、
やれ　ひけ、それ　ひけ、もっと　ひけ。
おおきすぎて、ぬけません。
いぬは、ねこを　よびました。

ねこが　いぬを、いぬが　まごを、まごが　おばあさんを、

おばあさんが　おじいさんを、おじいさんが　かぶを、
やれ　ひけ、それ　ひけ、もっと　ひけ。
おおきすぎて、ぬけません。
ねこは、ネズミを　よびました。

ネズミが　ねこを、ねこが　いぬを、いぬが　まごを、まごが　おばあさんを、
おばあさんが　おじいさんを、おじいさんが　かぶを、
やれ　ひけ、それ　ひけ、もっと　ひけ。

とうとう　かぶが　ぬけました。
おおきな　かぶが　ぬけました。

めでたし、めでたし。

ワーニカ

Ванька

ワーニカは九歳《さい》の男の子。靴職人《くつしょくにん》の親方のもとへ見習い奉公《ほうこう》に出されたのは三か月前。

クリスマス前夜、ワーニカは一睡《いっすい》もしなかった。親方が家族と職人たちを引き連れて早朝礼拝《れいはい》へ出かけてしまうのを見届《みとど》けると、親方の戸棚《とだな》からインクツボとペン先の錆《さ》びたペンを取り出し、クシャクシャの紙切れを押《お》し広げ、書きだそうとしたが、最初の文字を書く前に、ドアと窓《まど》を何度も不安げに見た。そして、靴型《くつがた》が置かれた長い棚《たな》の間の暗い場所にかけてある聖画《せいが》に目をやり、そっと静かに息を吐《は》く。紙切れは長椅子《ながいす》の上、ワーニカは跪《ひざまず》いている。

『ぼくのおじいちゃん、コンスタンチンさま!』と、書き始めた。『おじいちゃんに手紙を書くことにしたよ。クリスマスおめでとう、神様のお恵《めぐ》みがありますように。ぼくにはお父さんもお母さんもいません。おじいちゃんひとりしかいません』

ワーニカは暗い窓を見た。彼《かれ》が点《つ》けたロウソクがチラチラと映《うつ》っている。おじいちゃんの姿《すがた》が、まるで目の前にいるように、浮《う》かんでくる。コンスタンチンという名でジバリョフ様のお屋敷《やしき》で夜警《やけい》として働いている。背《せ》が低くて痩《や》せているが、人《ひと》並《な》み外れて元気に体を動かす六十五歳の老人。いつも笑顔で、お酒のせいで赤い目をしている。日の高いうちは、使用人用の台所で寝《ね》ているか、料理女たちと無駄話《むだばなし》。夜になると、毛皮をぐるぐるっと体に巻《ま》きつけ、拍子木《ひょうしぎ》を鳴らしながら、お屋敷の敷地を歩き回る。二匹《ひき》の犬が後ろに行儀《ぎょうぎ》よくつき従《したが》う。メスの老犬で栗毛《くりげ》のカシタンカと、オス犬のビューン。真っ黒でイタチのように胴長《どうなが》なのでビューン*という名がついた。このビューンは、よく人になついた優《やさ》しい犬で、よそ者に吠《ほ》えたりしないが、うっかり信用したら、とんでもない。人なつっこさ、おとなしさの下に、並みの犬にはない陰険《いんけん》なずるがしこさを隠《かく》している。スキを見つけて忍《しの》び寄《よ》り、足にかみついたり、食糧《しょくりょう》倉庫に忍《しの》びこんだり、農家の鶏《にわとり》を盗《ぬす》んだり、とにかく目が離《はな》せ

＊ドジョウに近い淡水魚《たんすいぎょ》。

ない。何回後ろ足に鞭《むち》うたれたことか。木から吊《つ》るされたことも二回はある。週に一度は半殺しの目にあわされる。それでも、かならず生き返る。

いまごろきっと、おじいちゃんは、お屋敷《やしき》の門番をしながら、寒さに目を細め、聖夜《せいや》の礼拝《れいはい》がつづく村の教会の暖《あたた》かそうな赤い窓《まど》を眺《なが》めているだろう。長靴《ながぐつ》を踏《ふ》み鳴らしながら、召使《めしつかい》たちとのおしゃべりで寒さを紛《まぎ》らわしているかもしれない。凍《こご》えた両手をこすり合わせ、身を縮《ちぢ》め、いやらしく笑いながら、メイドや料理女の尻《しり》をつねっているかも。

「おらの煙草《たばこ》を試してみんか？」と、言って、煙草入れを女たちの鼻に突《つ》きつける。女たちは匂《にお》いに負けてくしゃみをする。おじいちゃんは、言い表せないほどの喜びようで、ゲラゲラ笑い、大声を出す。

「早く鼻水拭《ふ》かないと、つららになっちまうぞ！」

犬にも煙草を嗅《か》がせてみる。栗毛《くりげ》のカシタンカはくしゃみをして、顔を背《そむ》け、尻尾《しっぽ》を巻《ま》いて退散《たいさん》する。ビユーンは行儀《ぎょうぎ》よくくしゃみを我慢《がまん》して、尾《お》を振《ふ》る。

いまごろは天気もいいだろう。大気は無風、透明《とうめい》、新鮮《しんせん》。夜の闇《やみ》のなかでも屋根に積もった雪の白さと煙突《えんとつ》から流れ出る煙《けむり》の白さで村の広がりがわかる。木々も樹氷《じゅひょう》で白い。雪だまりも白い。夜空全体に星がキラキラ瞬《またた》き、天の川がきれいに見える。まるでクリスマスを前に誰《だれ》かが星を雪で洗《あら》って磨《みが》いたようだ……。

ワーニカは、ため息をつき、ペンをインクに浸《ひた》して書きつづけた。

『親方はぼくの髪《かみ》の毛を掴《つか》んで庭に引きずり出して、革紐《かわひも》でひっぱたいたよ。子守しろと言われて、ゆりかごを揺《ゆ》すっているうちに、うっかり寝《ね》てしまったから。今週奥《おく》さんにニシンの皮をはげと言われて、しっぽのほうからやり始めたら、奥さんが怒《おこ》って、ニシンの頭でぼくの顔を小突《こづ》き回したよ。職人《しょくにん》さんたちは笑って馬鹿《ばか》にするんだ。居酒屋《いざかや》にウォッカを買いに行かされるし、親方のキュウリの酢漬《すづ》けをかすめてこいって。親方は、それに気づいて、手あたりしだいの物でぼくを殴《なぐ》る、叩《たた》く……ぜんぜん食べさせてもらえない。朝はパンだけ、昼はおかゆ、夜もパン。せめてお茶か汁《しる》があれば……でも親方たちがぜんぶ飲んじゃうから、ぼくまで回ってこない。寝場所《ねばしょ》は仕事場の戸口だけど、赤ん坊《ぼう》が泣きだすと朝まで眠《ねむ》れないんだ。ゆりかごをずっと揺《ゆ》すってなきゃいけないんだよ。おじいちゃん、一生のお願いだよ、ぼくをここから村へ連れて帰ってください。もう、それしかないよ……足にすがってお願いします。ずっといい子で、ちゃんとお祈《いの》りします。だから、迎《むか》えに来てください。このままだと、死んじゃうよ……』

ワーニカは顔をゆがめ、黒いこぶしで涙《なみだ》をぬぐい、しゃくりあげた。

『煙草《たばこ》の葉を擦《こす》ってあげるよ。毎日お祈りするよ。悪い子だったら、いくらでも叩《たた》いていいよ。仕事がないって言うなら、お屋敷《やしき》の支配人《しはいにん》さんに、ぼくからお願いするよ。靴《くつ》みがきでも、フェージカみたいに牛追いでも、何でもするよ。おじいちゃん、このままだと、死んじゃいます。村まで歩いて帰ろうと思ったけど、ブーツがないので、冷たくて、ダメだ。大きくなったら、お返しに、ぼくがおじいちゃんの面倒《めんどう》を見るよ、悪い人から守るよ。死んだ後は、お墓参《はかまい》りするよ、ママのお墓と同じようにお参りするからね。

モスクワはでっかい町で、建物は全部御殿《ごてん》みたいだ。馬はいっぱいいるけど、羊は見たことがない。犬はおとなしいよ。クリスマスなのに少年聖歌隊《せいかたい》の行進はやらないんだ、教会でもこどもは合唱団《がっしょうだん》に入れてもらえないよ。

一度、街のお店の窓《まど》をのぞいたら、糸《いと》までついた釣《つ》り針《ばり》を売っているんだ、すごく高いけど、どんな魚でも釣れる針なんだよ、ぼくの体重ほどあるナマズだって釣れそうだったよ。お屋敷で見たような鉄砲《てっぽう》を売っているお店もあるけど、百ルーブルもするんだ……。肉は屋台でおばさんたちが売っている。キジやヤマドリやウサギの肉もあるから、どこで撃《う》ったのってきいたけど、教えてもらえなかった。

おじいちゃん、お屋敷でクリスマスツリーに贈《おく》り物が飾《かざ》られたら、金色のクルミをひとつもらって、緑色の箱に隠《かく》しておいてね。オリガお嬢《じょう》さまに、ワーニカの分だってお願いすれば、きっともらえるから』

ワーニカはフーッと息を吐《は》き、紙から目を上げ、窓のほうを見た。去年までのクリスマスが思い出された。

お屋敷《やしき》のツリーのためのモミの木を森から切ってくるのがおじいちゃんの仕事だった。おじいちゃんはいつも孫のワーニカを連れて行った。面白かったなあ！　まるでカモの行進。サンタクロースのようなおじいちゃんの後を、ちっちゃなワーニカがよちよち進む。寒風に混《ま》じってガーガーとカモの鳴き声まで聞こえそう。木を切る前に、おじいちゃんは一服する。パイプで煙草《たばこ》を嗅《か》ぎながら、ブルブル震《ふる》える孫の姿《すがた》に微笑《ほほえ》む……。手ごろな背《せ》たけのモミの木は、つららをぶら下げて身動きせずに待っている。今日は誰《だれ》とお別れか、自分かも？

突然《とつぜん》、雪のコブの上を矢のようにウサギが跳《と》んでいく……おじいちゃんは叫《さけ》ばずにいられない。

「捕《つか》まえろ、捕まえろ……待てーっ！　アーッ、ウサ公め、どこ行った！」

おじいちゃんは、切ったモミの木を引きずって、お屋敷に届《とど》ける。さっそく飾《かざ》りつけが始まる……。いちばん張《は》り切るのはワーニカが大好きなオリガお嬢《じょう》さま。ワーニカの母親ペラゲーヤがまだ元気で、お屋敷のメイドとして働いていたころ、オリガお嬢さまは、ワーニカに飴《あめ》をくれた。暇《ひま》つぶしに、読み書きや百までの数え方を教えてくれた。カドリールの踊《おど》り方も。ペラゲーヤが亡《な》くなると、孤児《こじ》になったワーニカは、召使部屋《めしつかい》のおじいちゃんに預《あず》けられ、そこからモスクワへ、靴職人《くつしょくにん》の見習いとして……。

『迎《むか》えに来てよ、おじいちゃん』と、ワーニカはつづけた。『一生のお願いです、ここから連れ出してください。孤児のぼくを憐《あわ》れんでください。殴《なぐ》られてばかりで、おなかはペコペコ。寂《さび》しくて、寂しくて、どう書いたらわかってくれる……泣いてばかりです。この間も、親方に硬《かた》い靴型《くつがた》で頭を打たれました。床《ゆか》に倒《たお》れて気を失いかけました。犬よりひどい生活なんだ……。

アレーナちゃんとエゴールカくんによろしく、御者《ぎょしゃ》のおじちゃんにもよろしく。ぼくのアコーディオンは誰にもあげないでね。

孫のワーニカ・ジューコフより。おじいちゃん、ぜったい来てね』

ワーニカは手紙を四つに折りたたみ、前日一コペイカで買っておいた封筒《ふうとう》に入れた……。しばらく考えて、ペンにインクをつけて、宛先《あてさき》を書いた。

『村のおじいちゃんへ』

頭をかきながら、もう少し考えて、書き加えた。

『コンスタンチンさまへ』

ワーニカは、ここまでだれにも邪魔《じゃま》されなかったことに満足して、帽子《ぼうし》をかぶり、オーバーは置いたまま、綿《めん》のシャツ一枚《まい》だけで外へ飛び出た……。屋台で肉を売っているおばさんたちに昨日しつこく聞いておいた、手紙は郵便《ゆうびん》ポストという箱に入れるものだと。すると、その箱から手紙は世界のあらゆる場所に届《とど》けられる。お酒に酔《よ》った御者《ぎょしゃ》が操《あやつ》る三頭立ての郵便馬車で、鈴《すず》を高らかに鳴らしながら。ワーニカは、いちばん近い郵便ポストに駆《か》けつけて、大切な手紙を差し出し口に押《お》しこんだ……。

一時間後、甘《あま》い希望で胸《むね》を膨《ふく》らませ、ワーニカはぐっすり眠《ねむ》っていた……。夢《ゆめ》にペチカが現《あらわ》れた。ペチカに腰《こし》かけたおじいちゃんが素足《すあし》をブラブラさせながら、手紙を料理女たちに読み聞かせている。ペチカの周りをオス犬ビューンが駆《か》け回る、尾《お》を振《ふ》りながら……。

悲しくて、やりきれない

Тоска

夕暮《ゆうぐ》れどき。大粒《おおつぶ》の湿《しめ》った雪が、点灯したばかりの街灯の光のなかでボンヤリ舞《ま》い、家の屋根、馬の背《せ》、人の肩《かた》、帽子《ぼうし》にフワフワの薄《うす》い膜《まく》となって降《ふ》り積もる。その御者《ぎょしゃ》イオナは、幽霊《ゆうれい》のように全身白ずくめ。生身の体がこれほど丸くなれるのか、というほど丸くなり、御者台に座《すわ》って動かない。大きな雪塊《せっかい》がドサッと落ちてきても、たぶん身から払《はら》おうともしないだろう……。

彼の馬も真っ白で動かない。その微動《びどう》すらしない様《さま》、ゴツゴツした形、突《つ》っ立った棒《ぼう》のような足は、近くで見ても安い砂糖菓子細工《さとうがしざいく》の馬にしか見えない。この馬は、きっと困惑《こんわく》しているに違《ちが》いない。無理もない、畑で働いていたら、突然《とつぜん》スキを外され、見慣《みな》れた日常《にちじょう》風景を奪《うば》われ、この大都会の怪物《かいぶつ》の目玉のような光の渦《うず》のなかに放りこまれたのだから。人々が行き交い、喧騒《けんそう》が鳴り止まない。

簡易宿泊所《かんいしゅくはくじょ》を出たのは午前中だったが、待っても待っても、客がつかない。すでに街に夜のとばりが下りてきている。ついているのかわからなかった街灯が、煌《こう》こうと輝《かがや》き始める。通りの喧騒は音量を上げる。

「おい、そり屋、ブイボルグ通りへやってくれ！」と、イオナに声がかかる。「おい、聞こえているか！」

イオナは体を震《ふる》わせ、雪が張《は》りついた眉《まゆ》を上げる。フードつきの外套《がいとう》を着た軍人が見える。

「ブイボルグまでだ！」と、軍人がくり返す。「わかったか？　ネバ川の向こう岸だ」

了解《りょうかい》のしるしに、イオナは手綱《たづな》を振《ふ》る。すると、彼《かれ》の肩と馬の背から雪の膜が剥《は》がれ落ちる……。軍人がそりに座る。御者席のイオナが唇《くちびる》を鳴らし、白鳥のような細い首を伸《の》ばし、軽く腰《こし》を上げ、その必要はないのだが、習慣《しゅうかん》でムチを振り回す。馬も首を伸ばし、棒のような足を曲げ、グズグズと動き出す……。

「ヨロヨロするな！　田舎者《いなかもの》！」

大通りの交通の流れに乗ろうとするイオナに、前後から罵声《ばせい》が浴《あ》びせられる。

「どっちへ行こうっていうんだ？　右側通行だぞ！」

「この道を走ったことがあるのか？　右だ、右へ寄《よ》れ！」と、後ろの軍人が怒《おこ》る。

四輪馬車の御者《ぎょしゃ》に怒鳴《どな》りつけられる。通りを急いで横切ろうとして、馬の鼻に肩《かた》をぶつけた通行人が、袖《そで》から雪を払《はら》いながらにらみつける。イオナは針《はり》の筵《むしろ》に座《すわ》ったかのように尻《しり》をもぞもぞさせ、肘《ひじ》を左右に突《つ》っ張《ば》り、目を泳がす。酔《よ》ったときのように目が回り、自分が何のためにここにいるのかわからなくなる。

「ひどい奴《やつ》らだ！」と、軍人が怒《いか》りの矛先《ほこさき》を周囲に向ける。「わざとぶつけてくる、馬の前に飛び出す。示《しめ》し合わせているんじゃないか！」

イオナは客のほうへ首を回し、唇《くちびる》を動かす……何か言いたいが、のどからはかすれた音しか出てこない。

「何か言ったか？」と、軍人が聞く。

イオナは笑うかのように口をゆがめ、喉《のど》に力をこめ、声を絞《しぼ》り出す。

「旦那《だんな》、聞いてくれますか……わしの、あのう……息子が今週死んじまっただ」

「ほうっ！　……なんでまた？」

イオナは上半身をそっくり客に向ける。

「それがわからんのです！　熱病かもしれんです。入院して三日で死んじまった……、神に召《め》されちまった」

「どけってんだ！　馬鹿野郎《ばかやろう》！」闇《やみ》のなかから大声が響《ひび》く。「どこ目ん玉つけてるんだ、老いぼれが？　寝《ね》ぼけてるんじゃねえぞ！」

「かまうな！　行け、行け！」と、客が言う。「これじゃあ、明日になっても着かん。もっと走らせろ！」

イオナは再度《さいど》首を伸《の》ばし、腰《こし》を上げ、馬に優《やさ》しくムチを振《ふ》るう。その後、何度か後ろのようすをうかがったが、客は目を閉《と》じてしまい、話のつづきを聞く気はなさそうだ。

ブイボルグで客を降《お》ろし、居酒屋《いざかや》の前にそりを止め、イオナは御者台《ぎょしゃだい》で丸くなり、また不動の姿勢《しせい》……。湿《しめ》った雪が彼《かれ》と馬をふたたび白く染《そ》める。一時間、二時間が過《す》ぎる……。

歩道の雪をザクザク踏《ふ》み鳴らし、大声で口論《こうろん》しながら、三人の若《わか》い男が歩いて来る。二人は細身で長身、三人目は猫背《ねこぜ》の小さい男。

「ネフスキー大通りの警察橋《けいさつばし》までやってくれ！」小さい男が甲高《かんだか》いキンキン声で叫《さけ》ぶ。「三人で……二十コペイカでどうだ」

イオナは手綱《たづな》を引き、唇《くちびる》を鳴らして馬に合図する。二十コペイカでは割《わり》に合わないが、運賃《うんちん》などどうでもいい……一ルーブルだろうと、たった五コペイカだろうと、いまの彼には客さえいれば、それでいい……。若者たちは肩《かた》をぶつけあい、ののしり合いながら、そりに近づき、譲《ゆず》り合わずに乗りこむ。座席《ざせき》が二つしかないので、誰《だれ》が立つかでもめ始める。言いたい放題、すったもんだの挙句《あげく》、結局いちばん小さいから、猫背の男が立つことになる。

「シュッパーツッ！」小男は、イオナのすぐ後ろに立ち、その首に息を吹《ふ》きかけながら、キンキン声を発する。「ムチを入れろーっ！　おい、なんて帽子《ぼうし》をかぶってんだ？　ペテルブルグのどこを探《さが》したって、これよりボロはないぞ！」

「ヘッヘッ……ヘッヘッ……」イオナは笑う。「これしかないもんで……」

「帽子はどうでも、とにかく、ぶっ飛ばせ！　ずっとヨタヨタ行く気か？　許《ゆる》さん、ひっぱたくぞ！……」

「頭が割《わ》れそうだ……」長身のひとりが口を開く。「昨日ドクマソフ家のパーティーで、ワーシカと二人でコニャック四本空けちまった」

「ばかか？　嘘《うそ》つくな！」と、もうひとりが腹《はら》を立てる。「罰当《ばちあ》たりめ」

「嘘じゃない、嘘なら舌《した》をひっこ抜《ぬ》け」

「お前の舌なんて、屁《へ》のつっかえ棒《ぼう》にもならん」

「ヒッヒッ！」イオナがつられて笑ってしまう。「すっかりご機嫌《きげん》ですなあ、旦那《だんな》方《がた》！」

「くそくらえ！」小男が憤慨《ふんがい》する。「老いぼれが！　これでも走らせてるつもりか？　いつもこんなにノロいのか？　ムチでひっぱたけ！　ビシッビシッって、もっと、もっと！」

イオナは背後《はいご》に、小男のクルクル回る体と震《ふる》える声を感じている。自分に向けられた罵声《ばせい》を聞き、人間の姿《すがた》を見ていると、心を苛《さいな》んでいた孤独感《こどくかん》が少しずつ安らぐ。小男は罵詈雑言《ばりぞうごん》で六階建ての御殿《ごてん》を築《きず》く。咳《せき》で御殿が崩《くず》れて、ようやく止める。長身の二人はナージャとかいう女の話をしている。イオナは彼《かれ》らのようすをうかがう。話が途切《とぎ》れたのを狙《ねら》って、振《ふ》り向き、ボソボソ話し出す。

「実は今週、わしの……あのう……息子が死んじまっただよ！」

「誰《だれ》もが死ぬさ……」小男が咳で汚《よご》れた唇《くちびる》を拭《ふ》きながら、ひと息入れ、また怒鳴《どな》りだす。「さあ、飛ばせ、飛ばせ！　ノッポの二人、わかってるか？　おれはこんなノロいのは絶対嫌《ぜったいいや》だ！　いつまでたっても着かないぞ？」

「その老いぼれに、ちょっと気合を入れてやれ……首でもひっぱたけ！」

「おい、死にぞこない、聞いてるか？　ひっぱたくぞ！　馬に遠慮《えんりょ》してるのか？　歩いたほうが早いぞ！　耳はついてるのか？　でき損《そこ》ないか？　俺《おれ》たちをばかにしてるのか？」

イオナは、背後《はいご》からの音を、もう聞くというより、ただ感じている。

「フッフッ……」笑うしかない。「旦那方《だんながた》、ご機嫌《きげん》だね……めでたいことだよ！」

「結婚《けっこん》してるのか？」長身のひとりがイオナに聞く。

「わしのことかね？　フッ、フッ……陽気だねえ、旦那方！　わしに女房《にょうぼう》はひとりだけ、いまや冷たい土のなか……つまりお墓《はか》が女房ってことで！　……今度は息子が死んじまって、わしだけさ、生きてるのは……死神が来るところを間違《まちが》えたんでさあ……。わしのところへ来ればよいものを、せがれのところへ来ちまった……」

さらに息子の死を語ろうと振り向くと、ちょうどそのとき、小男がホッと息を吐《は》き、やっと着いたぞ、と高らかに告げる。

二十コペイカを受け取り、イオナは、陽気な三人組が建物の暗い玄関《げんかん》に消えるまで、ずっと見送る。またひとりになる。彼《かれ》が恐《おそ》れる静けさが訪《おとず》れる……しばらくおさまっていた悲しみが前より強く心に満ちてくる。

イオナの目は、救いを求めるように、通りの両側を行き来する人の群《む》れの間をさまよう。数百、数千の人ごみのなかに、せめてひとりでも話を聞いてくれそうな人がいないだろうか？　しかし、人々は、彼の姿《すがた》にも、彼の心中の悲しみにも気づかず、通り抜《ぬ》けていく……悲しくて、とてもやりきれない。いまイオナの胸《むね》を切り裂《さ》けば、悲しみがあふれ出て、世界中を覆《おお》いつくすだろう。しかし、悲しみは目に見えない。真昼の太陽のもとでも見えないほどの小さな殻《から》にもスッポリとおさまってしまう……。ゴミ袋《ぶくろ》を持った掃除人《そうじにん》が目に入ったので、話しかけてみる。

「こんばんは、いま何時かな？」

「八時過《す》ぎだ……、ここに止めちゃダメだ。そりを動かせ！」

イオナは数歩分そりを移動《いどう》させ、体を折り曲げ悲しみにふける……。誰《だれ》かに救いを求《もと》めても無駄《むだ》さ。しかし、五分も経《た》たぬ間に、激《はげ》しい痛《いた》みを感じたかのようにビクッと体を起こし、頭をひと振《ふ》り、手綱《たづな》をグイッと引く……。とても耐《た》えきれない。

「宿だ、宿へ帰ろう！」

馬のほうでもそれがわかったらしい。リズムよく、パカパカ走り出す。

一時間半ほどが過ぎ、イオナはすでに薄汚《うすよご》れた大きなペチカの脇《わき》に座《すわ》っている。ペチカの上、床《ゆか》の上、長椅子《ながいす》の上、出稼《でかせ》ぎ農民たちがいびきをかいている。空気が澱《よど》み、息苦しい……。イオナは寝《ね》ている連中を見て、早く帰り過ぎたと後悔《こうかい》し、頭をかく……。

（今日は麦畑までカラスムギを取りに行ってこなかった）と、彼は思う。（だからかな、やるせなくてモヤモヤするのは？　ちゃんと働けば……人も馬も腹《はら》を空《す》かせない、だから、心安らかってものだ……）

部屋の片隅《かたすみ》で若《わか》い御者《ぎょしゃ》がモゾモゾ体を動かす。寝ぼけているのか、喉《のど》を鳴らし、水桶《みずおけ》に手を伸《の》ばす。

「のどが渇《かわ》いたか？」と、イオナが尋《たず》ねる。

「だから、飲むんだよ！」

「そうかい、うまそうだね……、ところで、兄弟！　わしの息子が死んじまっただ……聞いてるかい？　今週、病院で……まあ、一大事ってわけ！」

イオナは自分の言葉の効果《こうか》を測《はか》ろうとするが、何の反応《はんのう》もない。若者《わかもの》は頭から毛布《もうふ》を被《かぶ》り、すでに寝《ね》ている。老人はため息をつき、頭をかく……。若者は水をひどく飲みたかった。同じくらいひどく老人は心の内を誰《だれ》かに打ち明けたい。

息子が死んではや一週間、まだ誰ともちゃんと話をしていない……筋道《すじみち》立てて話したい……息子が倒《たお》れたところから始めて、病院で苦しんだこと、最期に言い残したこと、ついに死んだこと……。葬式《そうしき》のようすも、病院へ遺品《いひん》を取りに行ったことも……村には娘《むすめ》のアニシアひとりが残された……この娘のことも話したい……いくらでも話すことはある。聞き手は感極《かんきわ》まって深い息を吐《は》き、涙《なみだ》を流すだろう……女《おんな》衆《しゅう》が相手ならなおいい。頭は悪くても、ひと言話せば、ワッと泣き出すだろう。

（馬でも見てくるか）と、イオナは思う。（まだ寝《ね》るには早かろう……遅《おそ》く寝たほうが、ぐっすり眠《ねむ》れるさ……)

上着を着て、自分の馬がいる小屋へ向かう。歩きながら、カラスムギのこと、干《ほ》し草のこと、天気のことを考える……。ひとりのとき、息子のことは考えないようにする……誰かと話すならいいが、ひとりで考え、息子を思い浮《う》かべると、せつなくて耐《た》え難《がた》い……。

「食べてるか?」目をキラキラ光らせている馬に尋《たず》ねる。「食え、もっと食え……今日は麦がないから干し草で勘弁《かんべん》してくれよ……ほら食え……。わしは歳《とし》だからもうダメだ、息子なら村まで麦を取りに行けたろうが……あいつはそりでも馬車でも見事に走らせた……生きてさえいてくれたら……」

イオナはしばらく黙《だま》り、そして、話をつづける。

「お前は、そう言えば牝馬《めすうま》だったなあ……。わしの息子のクジマはもういない……父さん長生きしてくれと言っておったのに……急に死んじまった……。いいか、ここに仔馬《こうま》がいるとしよう、お前さんが生んだこどもだぞ……その仔馬が、長生きしてねと言ってたと思ったら、突然《とつぜん》……やりきれんだろ？」
馬は干《ほ》し草を噛《か》みつづけ、飼《か》い主《ぬし》の話を聞き、その手に息を吹《ふ》きかける……。
イオナは夢中《むちゅう》になって、すべてを最初から語り始める……。

いたずら

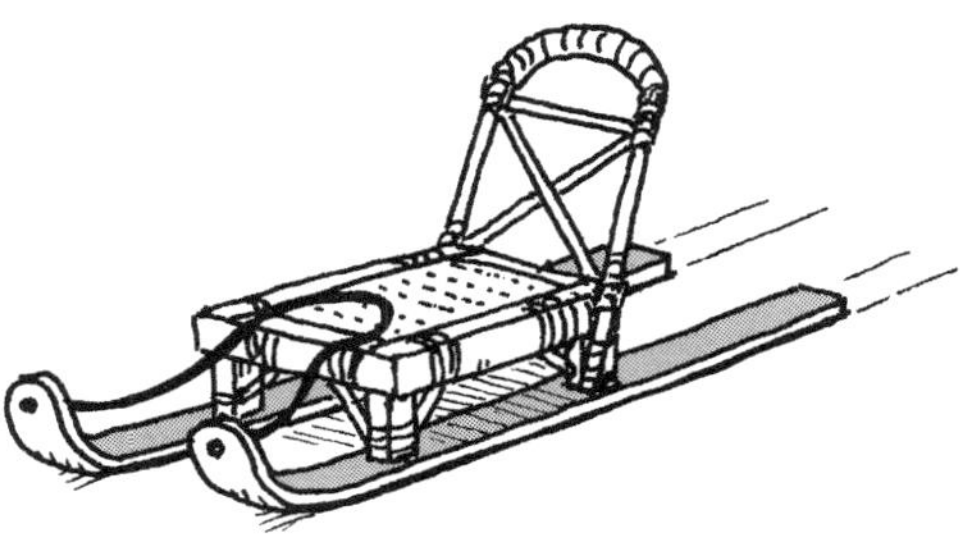

Шуточка

よく晴れた冬の日……氷点下の空気がピリピリと肌《はだ》を刺《さ》す。ぼくの手につかまるナージャのこめかみの巻《ま》き毛も、唇《くちびる》の上の産毛《うぶげ》も凍《こお》りついて白くなっている。ぼくらは高いスロープのてっぺんにいる。足下から地上まで長くつづく滑走用《かっそうよう》の斜面《しゃめん》は、まるで鏡のように太陽を反射《はんしゃ》している。ぼくらの横には、真っ赤なラシャが張《は》られた小さなそり。

「ナージャ、滑《すべ》ろうよ!」と、お願いする。「一回だけ! 頼《たの》むよ、危《あぶ》なくないから」

しかし、ナージャは怖《こわ》がって身動きしない。小さなブーツの下から始まって、氷の山のふもとまで広がる空間が、底なしの危険《きけん》なクレバスのように見えるのだろう。ちょっと下を見るだけで、ぼくがそりに乗せようとするだけで、心臓《しんぞう》が止まりそうになり、息ができなくなる。もし、無理にでもこの氷の裂《さ》け目に飛びこませたら、死ぬか、気が狂《くる》うか。

「お願いだ！　怖くないから！　臆病《おくびょう》だなあ、勇気を出しなよ！」

ナージャはついに決断《けつだん》する。表情《ひょうじょう》から察するに、命がけの決断だ。真っ青になって震《ふる》えているナージャをそりに乗せ、片手《かたて》で抱《だ》きしめ、一緒《いっしょ》に奈落《ならく》に身を投げる。そりは弾丸《だんがん》となって飛ぶ。空気が二つに裂け、顔に当たって唸《うな》る。耳が鳴る。風は痛《いた》い。憎《にく》い相手の首をもぎ取ろうと力いっぱい唸る。風に圧《お》されて息ができない。悪魔《あくま》が唸り声をあげ、両手でぼくらを地獄《じごく》へ引きずりこもうとする。周囲のすべてのものが一本の帯となり、急速に流れて行く……。もうダメ、あと一秒で死んでしまう！　そのとき、

「ア・イ・シ・テ・ル！」と、ぼくはナージャの耳元でささやく。

そりが徐《じょ》じょにスピードを緩《ゆる》める。風の唸りと、そりのエッジが氷を切る音の恐《きょう》怖感《ふかん》が弱まる。呼吸《こきゅう》が落ち着く。気がつくと、ぼくらはスロープの下にいる。ナー

ジャは半死半生。真っ青で、息も絶《た》え絶《だ》え……体を持ち上げて、降《お》ろしてあげる。

「絶対《ぜったい》に、二度と乗らないわ」と、言って、ナージャは恐怖《きょうふ》のあまり目を丸くしてぼくを見る。「何があっても、もうイヤ！　死ぬかと思ったわ！」

しばらくして、ようやく自分を取り戻《もど》すと、ナージャは何か問いたげにぼくの目をうかがう。あの五文字の言葉を言ったのはぼくだろうか、それとも強風のなかでの空耳だったのか？　ぼくは横に並《なら》んで、煙草《たばこ》をふかし、自分の手袋《てぶくろ》を熱心に見ている。ナージャがぼくの腕《うで》をとる。二人でスロープの周りをブラブラ歩きつづける。

謎《なぞ》が解《と》けず、ナージャは落ち着かない。あの言葉は夢《ゆめ》かうつつか？　イエスor《オア》ノー？　彼女《かのじょ》の自尊心《じそんしん》、名誉《めいよ》、人生、幸福の問題。とても重要な、この世でいちばん重要な問題。彼女はイライラしたり、消沈《しょうちん》したり、突《つ》き通すような視線《しせん》でぼくの顔を見る。話しかけても、上の空、ただ待っている、ぼくが何か口走らないか。クイズだ、かわいい顔でクイズの答えを探《さが》している！　彼女が自分と戦っているのがわかる。何か言いたい、何か聞きたい、でも言葉が見つからない。気まずい、怖《こわ》い、嬉《うれ》しさも混じる。

「ちょっと、いいかしら？」と、ぼくを見ずに言う。

「何かな？」

「もう一回……滑《すべ》ってみない？」

ぼくらは階段《かいだん》を上って、またスロープのてっぺんへ。真っ青になって震《ふる》えるナージャを再度《さいど》そりに乗せ、再度危険《きけん》なクレバスへ飛びこむ。再度《さいど》風が唸《うな》り、そりのエッジがシャーッと氷を切る。そりのスピードと騒音《そうおん》のボリュームが最高点に達したとき、ぼくは再度ささやく。

「ア・イ・シ・テ・ル！」

そりが止まると、ナージャは、滑り降りて来たばかりのスロープを上から下まで眺《なが》め、それから、ぼくの顔をじっくり見つめ、ぼくの声に耳を傾《かたむ》ける。ぼくの声は、冷静、沈着《ちんちゃく》。ナージャの全身が、毛皮のフードも手袋も、すべてを含《ふく》めた全身が困《こん》惑《わく》の極《きわ》みを表している。その顔には「どういうこと？　誰《だれ》が言ったの？　この人？

それとも空耳?」と、書いてある。この謎《なぞ》が彼女《かのじょ》から冷静さと忍耐《にんたい》を奪《うば》う。かわいそうに、ひとの質問《しつもん》は耳に入らず、顔をゆがめ、いまにも泣きそう。

「帰らないか?」と、ぼくがたずねると、

「わたし……わたしそりが好きになっちゃった」と、ナージャは頬《ほお》を染《そ》める。「もう一度一緒《いっしょ》に乗りたいわ」

彼女は「好きになっちゃった」と言ったが、そりに乗るときは、これまで同様、青ざめ、息をつめ、震《ふる》えている。三回目の滑走《かっそう》が始まる。ナージャはぼくの顔を見て、唇《くちびる》の動きを追う。ぼくは咳《せき》のふりをしてハンカチで口を隠《かく》す。スロープの真ん中あたりで、時を見計らって、ささやく。

「ア・イ・シ・テ・ル!」

かくして、謎は謎のまま! ナージャは黙《だま》って、考えつづける……。

ぼくは家まで彼女を送って行く。彼女はわざと足を遅《おく》らせ、ひたすら待つ。ぼくがあの言葉を言わないか。彼女の心の苦しみがわかる。口からいまにも出そうな言葉を必死に抑《おさ》えている。(風のせいなんて、ありえないわ！　風のせいであってほしくないわ！)

翌朝《よくあさ》、ぼくはメモを受け取る。

『今日もそり遊びに行くなら、わたしも誘《さそ》ってください。N《エヌ》』

その日からぼくは、毎日ナージャとスロープへ行き、そりで滑走しながら、一回も欠かさず同じ言葉をささやく。

「ア・イ・シ・テ・ル！」

絶《た》えず聞くうちにナージャは、この言葉に中毒《ちゅうどく》になってしまう。まるで、アルコールやモルヒネに対するように、それなしでは生きていけなくなる。とは言え、滑《すべ》り降《お》りるのはあいかわらず怖《こわ》い。しかし、いまや恐怖《きょうふ》と危険《きけん》が、愛を告白される恍《こう》惚感《こつかん》の増幅剤《ぞうふくざい》となっている。ただし、謎の答えはまだ出ていない。迷《まよ》いはつづいている。二択《にたく》のクイズ、ぼくか、風か……。愛を告白しているのはどちらなのかわからないままだが、もう、どちらでもかまわない、という状態《じょうたい》になっているように見える――どんなグラスで飲もうと酒は酒、酔《よ》えさえすれば、それでよし。

ある日ぼくは、ひとりで滑走場《かっそうじょう》へ向かう。人ごみに混《ま》じって眺《なが》めていると、ナージャがスロープに近づいて来る。キョロキョロとぼくを探《さが》している……。やがて、恐《おそ》るおそる階段《かいだん》を上り……ひとりでそりに乗ろうとする。怖《こわ》い！　顔は雪のように白い。震《ふる》えが止まらない。死刑台《しけいだい》の落下板の前で足がすくむが、心を決め、振《ふ》り向かずに、一歩、また一歩……どうやら、ぼくがいなくても、あの魅惑的《みわくてき》な甘《あま》い言葉が聞こえるか、試してみる気になったらしい。顔面蒼白《そうはく》のナージャは、恐怖《きょうふ》で口を開けっ放し。そりに乗って、目を閉《と》じる。地面に永遠《えいえん》の別れを告げ、飛ぶ……。「シャーッ……」と、そりのエッジが氷を切る。ナージャがあれを聞くかどうか、ぼくにもわからない……ぼくに見えたのは、そりからヨロヨロと立ち上がった彼女《かのじょ》のグッタリした姿《すがた》だけ……。

その表情《ひょうじょう》からすると、聞こえたのか、聞こえなかったのか、自分でもわからないらしい。疾走中《しっそうちゅう》の恐怖が彼女から聴覚《ちょうかく》を奪《うば》い、音を聞き分け理解《りかい》する能力《のうりょく》まで奪《うば》ってしまった、ということか……。

いつしか春、三月が訪《おとず》れる……陽の光が優《やさ》しくなって来る。ぼくらの氷のスロープが黒ずみ、輝《かがや》きを失い、溶《と》けてしまう。そり遊びは終わり。かわいそうに、ナージャは告白を聞ける場所を失い、告白してくれる人も失う。なぜなら、風の音は静まり、ぼくはペテルブルグへ去ろうとしている……そのまま帰らないかもしれない。あと二日でお別れになる日の夕方、ぼくは公園のベンチに座《すわ》っていた。この公園はナージャの家の庭と木の塀《へい》で仕切られている。侵入防止《しんにゅうぼうし》の鋭《するど》い釘《くぎ》が何本も突《つ》き出た高い塀……。まだ肌寒《はだざむ》く、堆肥《たいひ》の下には雪が残っている。木々も芽《め》吹《ぶ》いてはいないが、春の匂《にお》いを発している。ねぐらに帰ったカラスがカーカーうるさい。

ぼくは塀に近寄《ちかよ》り、隙間《すきま》からなかを覗《のぞ》く。ナージャが玄関《げんかん》に現《あらわ》れ、悲しくてやりきれない表情で空を見上げる……寂《さび》し気な白い顔に春風が吹《ふ》きつける……。そり遊びのスロープで五文字の告白を聞いたときに唸《うな》っていた、あの風を思い出したのか、ナージャの顔が曇《くも》る。さらに曇って、頬《ほお》を涙《なみだ》がつたう。悲劇《ひげき》のヒロインは両手を差し伸《の》べ、風よ、あの言葉をふたたび聞かせて、と望む。風が強まる、まさにそのとき、ぼくは囁《ささや》く。

「ア・イ・シ・テ・ル！」

いやはや！　何がナージャに起こったか！

彼女《かのじょ》は叫《さけ》び声を上げ、満面の笑みを浮《う》かべ、向かい風に両手を差し伸べる。嬉《うれ》しそうに、楽しそうに。何と美しいのか！

ぼくは荷づくりに帰る……。

昔ばなしです。現在《げんざい》ナージャは既婚者《きこんしゃ》。お見合いなのか、恋愛《れんあい》なのか——それは、どちらでもいいでしょう。旦那《だんな》さんは福祉《ふくし》関係のお役人。すでに三人のお子さんがいます。わたしと一緒《いっしょ》にそり遊びに行ったこと、風が「ア・イ・シ・テ・ル」を運んできたこと——忘《わす》れてはいないでしょう。いまでは彼女にとって人生でいちばん美しい思い出、感動的で幸福な思い出になっているでしょう……。

わたしも大人になりました。いまとなっては、なぜあの言葉を言ったのか、何のためにあんないたずらをしたのか、わかりません……。

訳者《やくしゃ》あとがき

書名になっている「大きなかぶ」ですが、絵本で読んだ、アレかな？　アレって、チェーホフ作だったのか、と思った方もいたのでは。実は、日本でもよく知られている「大きなかぶ」は、ロシアの昔ばなし、日本で言えば「桃太郎《ももたろう》」のようなものです。チェーホフの「大きなかぶ」は、そのパロディー。ということで、巧《たく》みな作家チェーホフの遊びを楽しんでください。チェーホフ版《ばん》の「大きなかぶ」のあとに、参考までに昔ばなしも載《の》せておきました。ぜひ両方を味わってみてください。読む順番はどちらからでも、お好きなほうからどうぞ。

短編《たんぺん》十話それぞれの題名ですが、あらためて付け直しました。明治から平成まで、多くの翻訳《ほんやく》が出ていますが、過去《かこ》のものと一致《いっち》するものも、変更《へんこう》したり、副題を付けたりしたものもあります。「悲しくて、やりきれない」は、昔「ふさぎの虫」と題されていた短編です。やや長いこの題は、初めての試み、私《わたくし》の提案《ていあん》です。お気に召《め》しますか、どうか。

「悲しくて、やりきれない」と「いたずら」では、全編《ぜんぺん》を通して動詞《どうし》の「現在形《げんざいけい》」が使われています。チェーホフの技《わざ》の一つでしょう。ロシアでは演劇《えんげき》やコンサートと同じように、詩や小説・小話の朗読会《ろうどくかい》がエンターテイメントとして開かれます。チェーホフの短編の一部は、あらかじめ「読み聞かせるユーモア小話」として書かれたのでは？　それには現在形が向いているのでは？　日本の落語が連想されます。ユーモア小説の名手から有名な劇作家《げきさっか》へ、チェーホフはロシアの文壇《ぶんだん》の寵児《ちょうじ》、締《し》め切《き》りに追われる人気作家でした。

本書は従来《じゅうらい》から言われているロシア文学の読みにくさ……登場人物の名前がややこしい、場所によって同じ人を別の名や肩書《かたがき》で呼《よ》ぶ、人物一覧《いちらん》のページを絶《た》えず見なければならない、などに、私なりの工夫をし、意味や「味わい」を変えずに、読みやすくしようと努めました。それが可能《かのう》だったのは、チェーホフが常《つね》に人物に目を注いでいる作家だからでしょう。舞台《ぶたい》を変えても、時代を変えても、十分に成立する話ばかりです。チェーホフの四大戯曲《ぎきょく》（「かもめ」、「三人姉妹」、「桜の園《さくらのその》」、「ワーニャ伯父《おじ》さん」）もしばしば舞台設定《ぶたいせってい》をすっかり変えて演出《えんしゅつ》されています。

一つだけ、どうしても「ロシア！」を強調したい点があります。「冬の寒さ」です。チェーホフに限《かぎ》らず、ロシア民族ほぼ全員が、寒さをきわめて肯定的《こうていてき》、楽天的に受け止め、嫌《きら》うどころか、愛しています。氷点下の空気の肌触《はだざわ》りが快感《かいかん》。良い香《かお》り、おいしい匂《にお》いすら感じるのです。零度《れいど》を行ったり来たりする十一月と三月は嫌われています。道はぐちゃぐちゃ、空気はじめじめ。どうせ寒いのなら、すっきり零下十度ぐらい、それで気分爽快《そうかい》なのです（本書の「いたずら」「ワーニカ」など）。すでは、部屋の温度をできるだけ下げて、ブルブル震《ふる》えながら読んでください。すでに読んだ方は、もう一度。

小宮山俊平《こみやましゅんぺい》

二〇一七年一月

｜作者｜

チェーホフ

Anton Pavlovich Chekhov

1860年ロシア・タガンローグに生まれる。破産した家を支えるため、モスクワ大学医学部入学と同時に、新聞や雑誌で執筆活動を始める。のち、本格的な文学に向かっていき、鋭い人間観察から描かれた多くの短編をのこす。また「チェーホフ四大戯曲」と呼ばれる「桜の園」「三人姉妹」「かもめ」「ワーニャ伯父さん」などの戯曲作品により、劇作家としても名高い。1904年没。

｜訳者｜

小宮山俊平

Shunpei Komiyama

1950年長野県上田市生まれ。県立上田高校、横浜国立大学経済学部卒業。フリーのロシア語通訳者(会議通訳・同時通訳)、ロシア語翻訳家。訳書に『地図にない町で―チズニナイ市奇談』、『ノーリターン―1993・モスクワ』『ストーリーテラー』がある。

｜画家｜

ヨシタケ シンスケ

Shinsuke Yoshitake

1973年神奈川県に生まれる。筑波大学大学院芸術研究科総合造形コース修了。『りんごかもしれない』で第6回MOE絵本屋さん大賞第一位、第61回産経児童出版文化賞美術賞などを『もうぬげない』で第26回けんぶち絵本の里大賞を『このあとどうしちゃおう』で第51回新風賞を受賞。ほか作品多数。

世界ショートセレクション ❺

チェーホフ ショートセレクション
大きなかぶ

2017年2月　初版
2023年8月　第7刷発行

作者　チェーホフ
訳者　小宮山俊平
画家　ヨシタケ シンスケ
発行者　鈴木博喜
編集　郷内厚子
発行所　株式会社 理論社
〒101-0062　東京都千代田区神田駿河台2-5
電話　営業03-6264-8890 編集03-6264-8891
URL https://www.rironsha.com
デザイン　アルビレオ
組版　アズワン
印刷・製本　中央精版印刷
企画・編集　小宮山民人　大石好文

ISBN978-4-652-20178-7　NDC983　B6判　19cm　215p

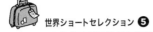